KB130835

반딧불이

HOTARU, NAYA O YAKU, SONOTA NO TANPEN
by Haruki Murakami

Copyright ⓒ 1984 Haruki Murakami
Originally published in Japan by SHINCHOSHA Publishing Co., Ltd., Tokyo.

AME NO HI NO ONNA #241 · #242 by Haruki Murakami
Copyright ⓒ 1987 Haruki Murakami
Extract from "MURAKAMI HARUKI ZEN-SAKUHIN 1979-1989 Vol. 3"
published in Japan by KODANSHA LTD., Tokyo.

Korean translation rights arranged with Haruki Murakami, Japan
through THE SAKAI AGENCY and BOOKPOST AGENCY.

Korean Translation Copyright ⓒ 2014 by MUNHAKDONGNE Publishing Corp.
All rights reserved.

이 책의 한국어판 저작권은 북포스트 에이전시와 THE SAKAI AGENCY를 통해
저자와 독점 계약한 (주)문학동네에 있습니다.
저작권법에 의해 한국 내에서 보호를 받는 저작물이므로
무단 전재 및 무단 복제를 금합니다.

이 도서의 국립중앙도서관 출판예정도서목록(CIP)은
서지정보유통지원시스템 홈페이지(http://seoji.nl.go.kr)와
국가자료종합목록 구축시스템(http://kolis-net.nl.go.kr)에서 이용하실 수 있습니다.
(CIP제어번호: CIP2014010307)

반딧불이

무라카미 하루키 소설

권남희 옮김

문학동네

일러두기

1. 이 책은 『반딧불이』(2010)의 개정판으로, 1990년 고단샤에서 간행된 『村上春樹全作品 1979~1989 ③ 短篇集 I』을 번역의 저본으로 삼았습니다.

2. 본문 중의 주석은 옮긴이주입니다.

3. 방점과 중고딕은 원서의 표시에 따른 것입니다.

차례

반딧불이   007

헛간을 태우다   049

장님 버드나무와 잠자는 여자   081

춤추는 난쟁이   131

세 가지의 독일 환상   173

비 오는 날의 여자 #241 · #242   195

작가의 말 | 내 작품을 말한다   211

반딧불이

옛날, 이라고 해야 겨우 십사오 년 전의 일이지만, 나는 어느 학생 기숙사에서 살았다. 대학에 갓 들어간 열여덟 살 때였다. 도쿄 지리에는 전혀라고 해도 좋을 만큼 캄캄한데다 그때까지 혼자 살아본 적이 없었기에 부모님이 걱정하여 그 기숙사를 알아봐주었다. 물론 비용문제도 있었다. 기숙사 비용은 자취생활에 비해 월등히 쌌다. 나야 물론 가능하다면 아파트를 빌려서 마음 편하게 혼자 살고 싶었지만, 입학금이며 등록금이며 매달 송금받을 생활비를 생각하면 그런 욕심을 부릴 수가 없었다.

기숙사는 전망 좋은 분쿄 구의 고지대에 자리해 있었다. 넓은 대지에 높은 콘크리트 담이 주위를 둘러싸고 있었다. 정문을 들어서면 정면에는 거대한 느티나무가 우뚝 솟아 있다. 수령은 백

오십 년, 아니면 좀더 됐을지도 모른다. 밑동에 서서 위를 올려다보면 하늘은 그 초록 가지에 완전히 가려져버린다.

콘크리트 포장도로는 그 거목을 우회하듯 돌아서, 다시 기다란 직선으로 안마당을 가로질렀다. 안마당에는 양쪽으로 3층짜리 철근 콘크리트 건물 두 동이 평행하게 서 있었다. 큰 건물이다. 활짝 열려 있는 창으로는 곧잘 라디오 디제이의 목소리가 들린다. 창가의 커튼들은 어느 방이나 똑같은 크림색—햇빛에 바래도 눈에 띄지 않는 색깔이다.

포장도로 정면에는 2층짜리 본부 건물이 있다. 1층에는 식당과 공동 목욕탕, 2층에는 강당과 집회실, 그리고 귀빈실도 있다. 본부 건물과 나란히 기숙사 세번째 동이 있다. 이것도 3층짜리다. 안마당은 넓고, 푸릇한 잔디 한가운데는 스프링클러가 햇빛을 받으며 빙글빙글 돌아간다. 본부 건물 뒤편에는 야구와 축구 겸용 운동장과 테니스코트가 여섯 개 있다. 시설 면으로는 더할 나위 없다.

이 기숙사의 유일한 문제점은—문제점이라고 할지 어떨지는 보기에 따라 다르겠지만—운영자가 어느 극우 인물을 중심으로 한 정체불명의 재단법인이라는 사실이었다. 기숙사 입소 안내 팸플릿과 기숙사생 규칙을 보면 대충 짐작이 간다. '교육의 근간을 이루어 국가에 유익한 인재를 양성한다.' 이것이 이 기숙사의 창설 정신이다. 그리고 '그 정신에 찬동하는 많은 재계 인사들이 사유재산을 투자해서……'라는 게 표면상의 설명이었지만, 그 이면은 모호한 것투성이였다. 정확한 사실은 아무도 모른다. 세제 혜택 때문이라고 말하는 이도 있고, 기숙사 설립을 명목으로 사기를 치다시피 토지를 손에 넣었다고 하는 이도 있다. 단순한 매명행위라고 단정하는 이도 있다. 그러나 그런 것들은 어찌됐든 별 상관 없는 일이다. 어쨌든 나는 1967년 봄부터 이듬해 가을까지 그 기숙사에서 살았다. 그리고 일상생활이라는 관점에서 보면 우익이든 좌익이든 위선이든 위악이든 별 대단한 차이는 없었다.

기숙사의 하루는 장엄한 국기 게양과 함께 시작된다. 물론 국가도 흐른다. 국기 게양과 국가는 떼려야 뗄 수 없다. 이것은 스포츠뉴스와 행진곡의 관계 같은 것이다. 국기 게양대는 안마당 한가운데 있어 어느 기숙사 동에서나 보이게 되어 있었다.

국기를 게양하는 것은 동관―내가 있는 기숙사 건물―관장의 역할이었다. 키가 크고 눈매가 날카로운 쉰 살 전후의 남자다. 머리칼은 빳빳하고 흰머리가 약간 섞였고, 햇볕에 그을린 목덜미에는 긴 흉터가 있다. 이 사람은 육군 나카노 학교* 출신이라

---

* 2차 대전 때 일본 육군의 비밀전 요원을 양성하기 위한 학교.

는 얘기가 있다. 그 옆에는 국기 게양을 돕는 조수 비슷한 학생이 하나 있다. 이 학생에 대해서는 아무도 모른다. 빡빡 깎은 머리에 언제나 교복을 입고 있다. 이름도 모르고 어느 방에 사는지도 모른다. 식당에서도 목욕탕에서도 얼굴 한번 마주친 적이 없다. 정말 학생인지 아닌지조차 모른다. 그러나 교복을 입고 있는 것으로 보아 역시 학생은 학생일 것이다. 그렇게밖에 생각할 수 없다. 나카노 학교 출신과는 반대로 땅딸막하며 피부가 흰 편이다. 이 2인조가 매일 아침 여섯시 기숙사 정원에서 국기를 게양하는 것이다.

기숙사에 들어간 지 얼마 안 됐을 때 나는 곧잘 창문으로 이 광경을 내다보았다. 아침 여섯시 시보와 함께 두 사람은 안마당에 모습을 보인다. 교복이 얇은 오동나무 상자를 들고 있다. 나카노 학교는 소니의 포터블 테이프리코더를 들고 있다. 나카노 학교가 테이프리코더를 게양대 아래에 놓는다. 교복이 오동나무 상자를 연다. 상자 안에는 반듯하게 접힌 국기가 들어 있다. 교복이 나카노 학교에게 기를 내민다. 나카노 학교가 로프에 기를 단다. 교복이 테이프리코더 단추를 누른다.

기미가요

그리고 국기가 주르륵 깃대를 타고 올라간다.

"사자레이시노—" 하는 대목에서 국기는 깃대 중간에 오고, "마아데—" 하는 부분에서 정상까지 올라간다. 그리고 두 사람은 등줄기를 꼿꼿하게 펴고 '차렷' 자세로 국기를 똑바로 올려다본다. 하늘이 맑게 개고 바람이 잘 불면 꽤나 근사한 광경이다.

저녁 의식도 대체로 아침과 같다. 다만 순서가 아침과 완전히 반대다. 국기는 주르륵 아래로 내려와서 오동나무 상자 안으로 들어간다. 밤에는 국기가 펄럭이지 않는다.

어째서 밤에는 국기를 거둬들이는지 도통 이해할 수 없었다. 밤에도 국가는 멀쩡히 존속하며, 많은 사람들이 국가를 위해 일하고 있다. 그런 사람들이 국기의 비호를 받을 수 없다는 건 아무래도 불공평한 것 같았다. 그러나 그건 별로 대단한 일이 아닐지도 모른다. 아무도 그런 데 신경쓰지 않을 것이다. 신경쓰는 사람은 나 정도이지 않을까. 하긴 나도 어쩌다 문득 그런 생각이 들었을 뿐이지 깊은 의미 같은 건 전혀 없다.

기숙사 방은 원칙상 1, 2학년생은 2인실을, 3, 4학년생은 독방을 쓰게 되어 있었다.

2인실은 다다미 여섯 장짜리 방을 세로로 늘인 듯한 좁고 긴 형태였다. 막다른 벽에는 커다란 알루미늄틀 창이 있다. 가구는 극단적이리만치 간결하고 튼튼한 것들이었다. 책상과 의자가 두 개씩, 2층침대, 사물함 두 개, 그리고 조립 선반이 있다. 대부분의 방 선반에는 트랜지스터라디오와 헤어드라이어와 전기 주전자, 인스턴트커피와 설탕, 라면을 끓일 수 있는 냄비와 식기가 몇 개씩 비치되어 있다. 석회 칠을 한 벽에는 『플레이보이』의 대형 브로마이드가 붙어 있다. 책상 위 책꽂이에는 교과서와 유행하는 소설 몇 권이 꽂혀 있다.

남자들만 있는 방이어서 대체로 몹시 더럽다. 쓰레기통 바닥에는 곰팡이가 슨 귤껍질이 달라붙어 있고, 재떨이 대신 쓰는 빈 깡통에는 꽁초가 10센티미터나 쌓여 있다. 컵에는 커피 앙금이 말라붙어 있다. 방바닥에는 라면 봉지와 비닐 랩과 빈 맥주 깡통이 널브러져 있다. 바람이 불면 바닥에서 먼지가 풀풀 날아오른다. 지독한 냄새도 난다. 모두 빨랫감을 침대 밑에 처박아두기 때문이다. 정기적으로 이불을 내다 말리는 사람도 거의 없어서 어느 이불이나 땀과 체취에 절어 있다.

그에 비하면 내 방은 청결 그 자체였다. 바닥에는 먼지 하나 없고, 재떨이는 언제나 씻겨 있었다. 이불은 일주일에 한 번씩 내다 말렸고, 연필은 가지런히 연필꽂이에 꽂혀 있다. 벽에는 야한 사진 대신 암스테르담의 운하 사진이 붙어 있다. 내 룸메이트가 병적일 정도로 청결한 성격이었기 때문이다. 모든 청소는 그가 했다. 빨래까지 해주었다. 나는 손가락 하나 까딱하지 않았다. 내가 캔맥주를 다 마시고 빈 깡통을 테이블 위에 올려두면 즉시 쓰레기통으로 사라지는 식이었다.

내 룸메이트는 지리를 전공했다.

"나는 지, 지, 지도 공부를 하고 있어." 그는 처음에 만났을 때 이렇게 말했다.

"지도를 좋아해?" 나는 물어보았다.

"응, 졸업하면 국토지리원에 들어가서 말이야, 지, 지도를 만들 거야."

세상에는 실로 다양한 종류의 소망이 있구나, 나는 생각했다. 그때까지 나는 어떤 사람들이 어떤 동기로 지도를 만드는지 생각조차 해본 적이 없었다. 그리고 무엇보다 '지도'라는 말을 할 때마다 더듬는 인간이 국토지리원에 들어가고 싶어한다는 것도 신기했다. 그는 경우에 따라서 말을 더듬기도 하고 안 더듬기도 했지만, '지도'라는 말이 나올 때만큼은 백 퍼센트 확실히 더듬었다.

"넌 뭘 전공하니?" 그가 물었다.

"연극." 나는 대답했다.

"연극이면 연기를 하겠네?"

"아냐, 연기는 하지 않아. 희곡을 읽고 연구할 뿐이야. 라신이라든지 이오네스코라든지 셰익스피어라든지."

셰익스피어 말고는 이름을 들어본 적이 없네, 그는 말했다. 나역시 거의 들어본 적이 없다. 강의 요강에 그렇게 적혀 있었을 뿐이다.

"아무튼 그런 걸 좋아하는구나?" 그가 물었다.

"별로 좋아하지 않아." 나는 대답했다.

그는 혼란스러워했다. 혼란스러워하자 말을 더 심하게 더듬었다. 나는 무척 나쁜 짓을 한 기분이 들었다.

"뭐든 상관없었어." 나는 설명했다. "인도철학이든 동양사든, 별로 개의치 않았어. 그게 어쩌다보니 연극이 된 거지. 그뿐이야."

"모르겠어." 그가 말했다. "나, 나, 나의 경우는 지, 지, 지도가 좋아서 지, 지, 지도 공부를 하는 거야. 그래서 굳이 도쿄까지 대학을 온 거고, 그 때문에 부모님께서 힘들게 학비를 대고 계시고. 그런데 너는 그렇지 않고 말이야……"

그가 하는 말이 옳았다. 나는 설명을 포기했다. 그리고 우리는 제비뽑기로 2층침대의 자리를 결정했다. 그가 위층을 뽑았다.

그는 언제나 하얀 셔츠에 검은 바지 차림이었다. 까까머리에 키가 크고 광대뼈가 튀어나왔다. 학교에 갈 때는 교복을 입었다. 구두도 가방도 검은색이었다. 겉보기에는 우익 학생 같은 차림이었고 주위 사람 대부분이 그렇게 생각했지만, 사실을 말하자면 그는 정치에 대해 백 퍼센트 무관심했다. 옷을 고르는 것이

귀찮아서 늘 그런 차림을 할 뿐이었다. 그가 관심을 갖는 것은 해안선의 변화나 새로운 철도 터널의 완성 같은 사건에 한정되어 있었다. 그런 것에 대해 얘기를 꺼내면 그는 더듬거리면서 한 시간이고 두 시간이고, 이쪽이 비명을 지르거나 잠들어버릴 때까지 줄기차게 떠들어댔다.

그는 매일 아침 여섯시 정각에 기상했다. '기미가요'가 자명종 시계 대신이었다. 국기 게양도 전혀 쓸데없는 짓은 아닌 셈이다. 그리고 옷을 입고 세면실로 가서 세수를 한다. 세수를 하는 데도 굉장히 긴 시간이 걸렸다. 이를 하나하나 뽑아서 닦는 게 아닌가 싶을 정도였다. 방으로 돌아오면 타월의 주름을 깨끗이 펴서 옷걸이에 걸고, 칫솔과 비누를 선반 위에 올려놓는다. 그런 다음 라디오를 켜고 아침 라디오 체조를 시작한다.

나는 밤에 늦게 자기도 하고 숙면을 하는 편이라서 라디오 체조가 시작되어도 잠에 곯아떨어져 있기 일쑤였다. 그러나 아무리 그래도 도약 부분에서는 벌떡 일어날 수밖에 없었다. 어쨌든 그가 도약할 때마다—그는 진짜 높이 뛰어올랐다—내 머리는 베개 위에서 5센티미터나 오르내렸다. 잠을 잘 수 있을 리가 없다.

"미안하지만 말이야." 나는 나흘째 되는 날 말했다. "라디오 체조는 옥상 같은 데 가서 하면 안 될까. 잠을 못 자겠어."

"안 돼." 그는 말했다. "옥상에서 하면 3층 사람들이 뭐라 그런단 말이야. 여기는 1층이어서 아래층 사람들이 없잖아."

"그럼 마당에 나가서 하든가."

"그것도 안 돼. 트랜지스터라디오가 없어서 음악을 들을 수 없어. 음악이 없으면 제대로 안 된다고."

아닌 게 아니라 그의 라디오는 전원식이었고, 내 라디오는 트랜지스터지만 FM밖에 나오지 않았다.

"그럼 소리를 좀 줄이고 도약은 생략해주면 안 될까. 굉장히 울리거든. 미안하지만."

"도약?" 그는 놀란 듯이 물었다. "도, 도약이 뭐야?"

"그거, 껑충껑충 뛰는 거 있잖아."

"그런 거 없어."

나는 머리가 아파오기 시작했다. 그냥 아무래도 좋다는 심정이었다. 그러나 기왕 꺼낸 말이니 여기서 그만둘 수도 없다. 그래서 나는 NHK 라디오 제1체조의 멜로디를 부르면서 바닥에서 껑충껑충 뛰었다.

"봐, 이거 말이야. 있지?"

"그, 그렇구나. 정말 있네. 생각을 못 했어."

"그러니까." 나는 말했다. "그 부분만 빼달라고. 다른 건 참을 테니까."

"안 돼." 그는 실로 매몰차게 말했다. "한 가지라도 뺄 수는 없어. 십 년이나 계속해와서, 하기 시작하면 무, 무의식중에 전부 해버리게 돼. 한 가지를 빼버리면, 전, 전부 못 하게 돼버려."

"그럼 전부 안 하면 되잖아."

"그런 말투는 좋지 않아. 사람에게 명령하는 거."

"이봐, 나는 명령 같은 거 하지 않았어. 적어도 여덟시까지는 자고 싶고, 설령 일찍 일어난다 하더라도 아주 자연스럽게 깨고 싶어. 빵 먹기 경주 하듯이 깨고 싶지 않단 말이야. 그것뿐이야. 알겠어?"

"그건 뭐, 알겠어." 그는 말했다.

"그래서 어떡하면 좋겠어?"

"같이 일어나서 체조를 하면 되지 않을까?"

나는 포기하고 자버렸다. 그는 그후로도 하루도 거르지 않고 라디오 체조를 계속했다.

*

내가 룸메이트와 그의 라디오 체조 얘기를 하자 그녀는 쿡쿡 웃었다. 웃기려고 한 얘기는 아니었지만 나중엔 나도 따라 웃었다. 그녀의 웃는 얼굴을 보는 것은—아주 짧은 순간에 사라지고 말았지만—정말로 오랜만이었다.

나와 그녀는 요쓰야 역에 내려서 선로를 따라 이치가야 방향으로 걷고 있었다. 5월의 어느 일요일 오후였다. 아침부터 내리던 비도 낮이 되자 그치고, 낮게 내려앉아 있던 우울한 잿빛 구름은 남쪽에서 불어오는 바람에 쫓기듯이 어딘가로 사라져갔다. 벚나무의 산뜻한 초록 잎이 바람에 흔들리며 반짝였다. 햇살에서는 벌써 싱그러운 초여름 냄새가 났다. 스쳐 지나가는 사람들은 대부분 상의나 스웨터를 벗어 어깨에 걸쳤다. 테니스코트에서는 젊은 남자가 반바지 차림으로 라켓을 휘두르고 있었다. 라켓의 금속 테두리가 오후의 햇빛을 받아 반짝거렸다.

나란히 긴 의자에 앉아 있는 두 수녀만이 검은 겨울 제복을 입고 있었다. 그래도 두 사람은 무척 즐거운 듯 얘기에 몰두해 있어서, 그들의 모습을 보니 여름이 오려면 아직도 한참 남은 느낌이 들었다.

십오 분쯤 걷자 등에 땀이 뱄다. 나는 두꺼운 무명 셔츠를 벗고 티셔츠 차림이 되었다. 그녀는 옅은 회색 트레이닝 셔츠 소매를 팔꿈치까지 걷어올렸다. 잦은 세탁으로 색이 바랜 낡은 트레이너 셔츠였다. 오래전에 그녀가 그 옷을 입은 모습을 본 적 있는 것 같았다. 그러나 그냥 막연한 느낌인지도 모른다. 나는 모든 기억이 가물거리기만 했다. 모든 것이 아득하게 먼 옛날에 일어난 일처럼 느껴졌다.

"다른 사람들과 같이 사는 거 즐거워?" 그녀가 물었다.

"모르겠어. 아직 얼마 되지 않았으니까."

그녀는 수돗가에 멈춰 서서 물을 한 모금 마시고 바지 주머니에서 손수건을 꺼내 입을 닦았다. 그리고 테니스화 끈을 다시 묶었다.

"난 그런 생활이 체질에 맞을까?"

"공동생활?"

"응." 그녀가 말했다.

"글쎄. 생각하는 것보다 훨씬 성가신 것들도 많아. 까다로운 규칙이며 라디오 체조처럼."

"그렇겠구나." 그녀는 그렇게 말하고는 한동안 뭔가를 생각했다. 그리고 내 눈을 말끄러미 들여다보았다. 그녀의 눈은 부자연스러우리만큼 투명했다. 그녀의 눈이 이렇게 투명하다는 것을 그때까지 깨닫지 못했다. 조금 신비한 느낌이 드는 독특한 투명감이었다. 마치 하늘을 바라보는 것 같다.

"그렇지만 가끔은 그렇게 해야 한다는 생각이 들어. 그러니까……" 그녀는 그렇게 말하더니 내 눈을 빤히 들여다보며 입술을 깨물었다. 그리고 눈을 감았다. "모르겠다. 됐어."

그것이 대화의 끝이었다. 그녀는 다시 걷기 시작했다.

그녀를 만난 것은 반년 만이었다. 반년 동안에 그녀는 몰라볼 정도로 야위어 있었다. 매력이었던 통통한 볼살이 빠지고 목선도 훨씬 가늘어졌다. 그래도 뼈만 앙상하다는 느낌은 전혀 없었다. 그녀는 그때까지 내가 생각했던 것보다 훨씬 예뻤다. 나는 그 말을 해주려 했지만, 어떤 식으로 말해야 좋을지 몰라 그만두었다.

우리는 어떤 목적이 있어서 요쓰야에 온 건 아니었다. 나와 그녀는 주오 선 전철 안에서 우연히 만났다. 나도 그녀도 별다른 계획은 없었다. 그녀가 내리자고 해서 우리는 전철에서 내렸다. 그리고 내린 곳이 공교롭게 요쓰야였던 것이다. 단둘이 있게 되자 딱히 할 얘기가 없었다. 그녀가 왜 내게 전철에서 내리자고 했는지 나는 알 수가 없었다. 할 얘기는 처음부터 없었던 것이다.

역에서 내리자 그녀는 아무 말도 하지 않고 걸어가기 시작했다. 나는 그 뒤를 쫓듯이 걸었다. 나와 그녀 사이에는 언제나 1미터 정도의 거리가 있었다. 나는 줄곧 그녀의 등을 보면서 걸었다. 가끔씩 그녀는 뒤를 돌아다보며 내게 말을 걸었다. 대답을 제대로 할 때도 있고, 어떻게 대답해야 할지 몰라 당황할 때도 있었다. 무슨 말을 하는지 전혀 알아듣지 못할 때도 있었다. 그러나 그녀에게 그런 것은 별로 상관없어 보였다. 그녀는 자신이 하고 싶은 말만 하고는 다시 앞을 보고 말없이 걸어갔다.

우리는 이다바시에서 오른쪽으로 꺾어 수로가로 나오고, 진보

초 사거리를 지나 오차노미즈 언덕을 올라가 그대로 혼고로 빠졌다. 그리고 전철 길을 따라 고마고메까지 걸어갔다. 꽤 먼 거리였다. 고마고메에 도착했을 때는 이미 날이 완전히 저물었다.

"여긴 어디야?" 그녀는 내게 물었다.

"고마고메야." 내가 대답했다. "한 바퀴 빙 돌아온 거야."

"왜 이런 데로 왔어?"

"네가 온 거야. 난 뒤를 따라온 것뿐이야."

우리는 역 근처 국숫집에 들어가서 가볍게 식사를 했다. 주문을 해서 다 먹을 때까지 한 마디도 나누지 않았다. 나는 너무 지쳐 몸이 부서질 것 같았고, 그녀는 계속 뭔가를 생각하고 있었다.

"체력이 상당히 좋구나." 국수를 다 먹고 나서 내가 말했다.

"놀랐어?"

"응."

"이래 봬도 중학교 때는 장거리 선수였어. 게다가 아버지가 산을 좋아한 탓에 어릴 적부터 일요일만 되면 등산을 했고. 그래서 지금도 다리 하나는 튼튼해."

"그렇게 안 보이는데."

그녀는 웃었다.

"집까지 바래다줄게." 내가 말했다.

"괜찮아." 그녀는 말했다. "혼자 갈 수 있어. 신경쓰지 마."

"난 전혀 상관없는데."

"정말 괜찮아. 혼자 다니는 데 익숙하니까."

솔직히 말하면 그녀가 그렇게 말해주어서 나는 적잖이 안심했다. 그녀의 아파트까지는 가는 데만 전철로 한 시간이 넘게 걸리는데, 그동안 둘이서 한 마디도 없이 앉아 있는 건 아무래도 어색하다. 결국 그녀는 혼자 돌아가게 되었다. 그 대신 식사값은 내가 냈다.

"저어, 혹시 괜찮다면―폐가 되지 않는다면 말인데―또 만날 수 있을까? 물론 이런 말 할 처지가 아니란 건 알지만." 헤어질 무렵에 그녀가 말했다.

"처지라니 무슨 말이야." 나는 깜짝 놀랐다.

그녀의 얼굴이 조금 붉어졌다. 내가 놀란 것이 아마 그녀에게 전해졌으리라.

"표현을 잘 못하겠어." 그녀가 변명했다. 그녀는 트레이닝 셔츠의 양 소매를 팔꿈치께까지 걷어올렸다가 다시 원래대로 끌어내렸다. 전등 불빛이 솜털을 예쁜 황금색으로 물들였다. "처지란 말을 할 생각이 아니었어. 좀더 다른 식으로 말하려고 했는데."

그녀는 테이블에 턱을 괸 채 두 눈을 감고 적절한 말을 찾았다. 그러나 그런 말이 떠오르지 않았다.

"상관없어." 나는 말했다.

"잘 표현을 못하겠어." 그녀는 말했다. "요즘 계속 그래. 정말 말을 잘 못하겠어. 무슨 얘길 하려고 하면 항상 엉뚱한 말만 떠올라. 엉뚱하거나, 완전히 반대거나. 그래서 그걸 고치려고 하면 이상하게 더 혼란스러워져서 엉뚱한 말이 나오는 거야. 그러다 보면 처음에 내가 무슨 말을 하려고 했는지조차 잊어버려. 마치 내 몸이 두 개로 나뉘어 술래잡기를 하는 것 같은 그런 느낌이야. 한가운데 아주 굵은 전봇대가 서 있고, 그 주변을 빙글빙글 돌면서 술래잡기를 하는 거야. 제대로 된 말은 언제나 또하나의 내가 갖고 있고, 나는 절대로 쫓아가질 못해."

그녀는 테이블 위에 두 손을 내려놓고 내 눈을 말끄러미 바라보았다.

"그런 거, 알겠어?"

"누구에게나 많건 적건 그런 느낌은 있어." 나는 말했다. "다른 사람들도 종종 자신을 정확하게 표현하지 못해서 초조해해."

내가 그렇게 말하자 그녀는 약간 실망한 것 같았다.

"그런 것과는 또 달라." 그녀는 이렇게 말했지만, 그 이상은 아무 말도 하지 않았다.

"만나는 건 전혀 상관없어." 나는 말했다. "어차피 항상 한가하고, 혼자 뒹굴거리느니 이렇게 걸어다니는 편이 건강에도 좋은 것 같으니까."

우리는 역에서 헤어졌다. 내가 안녕이라고 말하자, 그녀도 안녕이라고 말했다.

*

내가 처음 그녀를 만난 것은 고등학교 2학년 봄이었다. 그녀도 동갑이었고 기독교 재단의 명문 여학교에 다니고 있었다. 그녀를 소개해준 사람은 내 친한 친구로, 그와 그녀는 연인 사이였다. 두 사람은 초등학교 시절부터 소꿉친구이고 집도 200미터밖에 떨어져 있지 않았다.

대부분의 소꿉친구 커플이 그러하듯이 그들에게는 단둘만 있고 싶다는 바람이 별로 없는 것 같았다. 항상 서로의 집을 방문해서 가족들과 같이 식사를 했다. 나와 더블데이트를 한 적도 몇번 있다. 그러나 나의 시시한 연애들은 그다지 뚜렷한 성과를 거두지 못해서 어느새 나와 친구와 그녀 셋이서만 어울리게 되었다. 그리고 결과적으로는 그게 가장 편했다. 역할로서는 내가 게스트이고 그가 유능한 호스트, 그녀는 편안한 어시스턴트인 동시에 주인공인 셈이었다.

그는 그런 것에 아주 탁월했다. 약간 냉소적인 성향은 있었지만, 본질적으로는 친절하고 예의바른 남자였다. 그는 나에게 도 그녀에게도 똑같이 농담을 하며 놀렸다. 어느 한쪽이 침묵하고 있으면 이내 그쪽에 말을 걸어 능숙하게 상대의 얘기를 이끌어냈다. 그에게는 순간적으로 상황을 파악하고 그것에 대응하는 능력이 있었다. 또 별로 재미없는 상대의 얘기 속에서 재미있는 부분을 몇 가지씩 찾아내는 신기한 재능도 겸비하고 있었다. 그래서 그와 얘기를 나누다보면 때때로 내가 무척 재미있는 인생을 살고 있는 듯한 착각이 들었다.

그러나 그가 일단 자리를 뜨면 나와 그녀는 대화가 잘되지 않았다. 두 사람 다 무슨 얘기를 해야 좋을지 몰랐던 것이다. 실제로 둘 사이에는 공통 화제가 아무것도 없었다. 대체로 우리는 아무 말도 하지 않고 테이블 위의 재떨이를 만지작거리거나 물을 마시면서 그가 돌아오기를 기다렸다. 그가 돌아오면 다시 얘기가 시작되었다.

그의 장례식이 있고 석 달 후 나와 그녀는 딱 한 번 얼굴을 마주쳤다. 잠깐 볼일이 있어서 찻집에서 만났는데, 용건이 끝나자 그다음에는 할 얘기가 없어졌다. 나는 몇 번 그녀에게 말을 걸어보았지만 얘기는 언제나 도중에서 끊겨버렸다. 게다가 그녀의 말투에는 어딘지 모난 구석이 있었다. 그녀는 내가 모르는 어떤 일로 내게 화를 내는 것처럼 보였다. 그리고 나와 그녀는 헤어졌다.

어쩌면 그녀가 내게 화를 냈던 것은 그가 마지막에 만난 사람
이 그녀가 아니라 나였기 때문인지도 모른다. 이런 표현은 적합
하지 않겠지만, 그 기분은 이해할 수 있을 것 같다. 할 수만 있다
면 그때의 상황을 바꿔주고 싶다. 그러나 그것은 이미 어쩔 도리
가 없는 일이다. 한번 일어나버린 일은 아무리 노력해도 사라지
지 않는다.

그 5월의 오후, 나와 그는 학교에서 돌아오는 길에―정확히
말하면 등교 도중에 발길을 돌린 것이지만―당구장에 들러 당구
네 게임인가를 쳤다. 첫 게임만 내가 이기고, 나머지 세 게임은
그가 이겼다. 약속대로 내가 게임값을 냈다.

그는 그날 밤 차고 안에서 죽었다. N360의 배기 파이프에 고
무호스를 연결해 차 안으로 끌어들이고, 창틈을 박스테이프로
꼭꼭 막아놓은 후 시동을 걸렸던 것이다. 죽을 때까지 얼마만큼
의 시간이 걸렸는지 나는 모른다. 친척 병문안을 갔던 그의 부모
가 귀가했을 때 그는 이미 죽어 있었다. 카 라디오가 켜진 채였
다. 와이퍼에는 주유소 영수증이 꽂혀 있었다.

유서도 없었으며 짐작 가는 동기도 없었다. 그를 마지막으로
만났다는 이유 때문에 경찰에 불려가 조사를 받았다. 그런 기색

은 전혀 없었습니다, 평소 때와 똑같았습니다, 나는 말했다. 도대체가 이제 곧 자살하려고 마음먹은 인간이 당구에서 세 게임 연속으로 이길 수 있을 리가 없다. 경찰은 나에 대해서도 그에 대해서도 별로 좋은 인상은 못 가진 듯했다. 수업을 빼먹고 당구장이나 가는 고등학생이라면 자살을 해도 별로 이상할 것 없다고 생각한 듯했다. 신문에 조그맣게 기사가 실리고 사건은 끝이 났다. 빨간색 N360은 처분되었다. 그가 쓰던 교실 책상에는 한동안 하얀 꽃이 놓여 있었다.

고등학교를 졸업하고 도쿄로 나왔을 때 내가 할 일은 한 가지밖에 없었다. 모든 것을 너무 심각하게 생각하지 말 것─그것뿐이었다. 나는 녹색 부직포가 깔린 당구대며 빨간색 N360이며 책상 위의 하얀 꽃이며, 모두 잊어버리기로 했다. 화장터의 높다란 굴뚝에서 피어오르던 연기며 경찰서 조서실에 놓여 있던 묵직한 문진文鎭이며 그런 모든 것들을. 처음에는 그럭저럭 잘되어가는 듯했다. 그러나 내 안에 무언지 모를 부연 공기 같은 것이 남았다. 그리고 시간이 지남에 따라 그 공기는 또렷하고 단순한 형태를 띠기 시작했다. 나는 그 형태를 말로 바꿀 수 있다. 이런 말이다.

죽음은 삶의 반대가 아니라, 그 일부로서 존재하고 있다.

말로 옮겨놓고 보니 역겨우리만큼 평범하다. 그야말로 일반
론이다. 그러나 나는 그때 그것을 말이 아니라 하나의 공기로 체
감했다. 문진 속에도 당구대에 늘어선 네 개의 공 속에도 죽음은
존재하고 있었다. 그리고 우리는 그것을 마치 미세한 먼지처럼
폐 속으로 빨아들이며 살아온 것이다.

나는 그때까지 죽음이란 것을 타인에게서 완전히 분리된 독
립적인 존재라고 생각하고 있었다. 즉 '죽음은 언젠가 확실히 우
리를 붙잡는다. 그러나 반대로 말하면 죽음이 우리를 붙잡는 그
날까지 우리는 죽음에 붙잡히지 않는 것이다'라고. 지극히 정상
적이고 논리적인 생각 같았다. 삶은 이쪽에 있고, 죽음은 저쪽에
있다.

그러나 친구가 죽어버린 그날 밤을 경계로 나는 더는 죽음을
그렇게 단순히 받아들일 수 없게 되었다. 죽음은 삶의 반대가 아
니다. 죽음은 이미 내 안에 있다. 그리고 나는 도저히 그것을 잊
어버릴 수 없다. 왜냐하면 열일곱 살이었던 5월의 밤에 내 친구
를 붙잡은 죽음은, 그날 밤 나까지 붙잡았기 때문이다.

나는 그것을 확실히 인식했다. 그리고 인식함과 동시에 그것
에 대해서는 심각하게 생각하지 않기로 했다. 아주 어려운 작업
이었다. 나는 아직 열여덟 살이었고, 사물의 중간점을 찾기에는
아직 너무 어렸기 때문이다.

*

　나는 그후에도 한 달에 한두 번 그녀를 만나 데이트를 했다. 아마 데이트라 해도 좋을 것이다. 그것 말고 마땅한 말이 생각나지 않는다.

　그녀는 도쿄 교외에 있는 한 여대에 다니고 있었다. 평판이 좋은 아담한 여자대학이었다. 그녀의 아파트에서 학교까지는 걸어서 십 분도 걸리지 않았다. 길가에는 깨끗한 용수가 흐르고 있어서, 가끔씩 그 언저리를 걸어다니기도 했다. 그녀는 친구도 거의 없는 것 같았다. 그녀는 여전히 말을 띄엄띄엄 했다. 특별히 할 얘기가 없어서 나도 별로 입을 열지 않았다. 만나면 우리는 그저 걷기만 했다.

　그러나 아무런 진척이 없었던 것은 아니었다. 여름방학이 끝날 즈음 그녀는 매우 자연스럽게 내 옆에서 걷게 되었다. 우리는 어깨를 나란히 하고 걸었다. 고개를 올라가고 고개를 내려가고, 다리를 건너고 거리를 지나며 우리는 하염없이 걸었다. 어디로 가겠다는 생각도 없었고 뭘 하겠다는 목적도 없었다. 한참을 걷고 나면 찻집에 들어가 커피를 마시고, 커피를 다 마시면 또 걸었다. 계절만이 슬라이드 필름을 갈아끼우는 것처럼 지나갔다. 가을이 오고 기숙사 마당이 느티나무 낙엽으로 뒤덮였다. 스웨터를 입었더니 새로운 계절의 냄새가 났다. 나는 새 스웨이드 구두를 샀다.

가을이 끝나고 찬바람이 불기 시작하자 그녀는 가끔 내 팔에 몸을 기댔다. 더플코트의 두꺼운 천을 통해 나는 그녀의 숨기척을 느낄 수 있었다. 그러나 그뿐이었다. 나는 코트 주머니에 양손을 찔러넣은 채 언제나처럼 걷기만 했다. 나도 그녀도 고무창을 댄 신발을 신고 있어서 발소리는 들리지 않았다. 바싹 마른 플라타너스 잎을 밟을 때만 바스락거리는 소리가 났다. 그녀가 찾고 있는 것은 내 팔이 아니라 누군가의 팔이었다. 그녀가 찾고 있는 것은 내 체온이 아니라 누군가의 체온이었다. 적어도 내게는 그렇게 느껴졌다.

그녀의 눈은 전보다 더 투명하게 보였다. 아무데도 갈 곳 없는 투명함이었다. 때때로 그녀는 아무런 이유도 없이 내 눈을 말끄러미 바라보았다. 그때마다 나는 슬퍼졌다.

기숙사 애들은 그녀에게서 전화가 오거나 일요일 아침에 내가 나가거나 하면 항상 나를 놀렸다. 당연한 일이긴 하지만 모두 내게 애인이 생겼다고 믿고 있었다. 설명을 할 수도 없고 그럴 필요도 없어서 나는 그대로 내버려두었다. 데이트에서 돌아오면 꼭 누군가 섹스는 어땠냐고 물었다. 그저 그랬어, 나는 언제나 그렇게 대답했다.

그렇게 해서 나의 열여덟 살은 지나갔다. 해가 뜨고, 해가 지고, 국기가 올라갔다 내려왔다. 그리고 일요일에는 죽은 친구의 연인과 데이트를 했다. 대체 내가 지금 뭘 하고 있는지, 앞으로 뭘 하려고 하는지 도무지 알 수 없었다. 나는 대학교 강의시간에 클로델을 읽고, 라신을 읽고, 예이젠시테인을 읽었다. 그들은 모두 번듯한 문장을 썼지만 그뿐이었다. 나는 과에서는 거의 친구를 만들지 않았다. 기숙사 애들과의 관계도 거의 비슷했다. 내가 언제나 책만 읽고 있어서 그들은 내가 소설가가 되고 싶어하는 줄 알았지만, 나는 소설가 같은 건 되고 싶지 않았다. 아무것도 되고 싶지 않았다.

나는 그런 기분을 몇 번인가 그녀에게 얘기하려고 했다. 그녀라면 내 생각을 정확하게 알아줄 것 같았다. 그러나 나는 제대로 얘기할 수 없었다. 그녀가 처음 내게 말했듯이, 정확한 말을 찾으려고 하면 그것은 언제나 내 손이 닿지 않는 어둠의 바닥에 가라앉아 있었다.

토요일 밤이 되면 나는 전화가 있는 로비의 의자에 앉아 그녀의 전화를 기다렸다. 전화는 삼 주 동안 걸려오지 않을 때도 있고, 이 주 연속으로 걸려올 때도 있었다. 그래서 토요일 밤에는 언제나 로비 의자에서 그녀의 전화를 기다렸다. 토요일 밤에는 대부분의 학생들이 놀러 나가기 때문에 로비는 대체로 조용했다. 나는 언제나 그런 침묵의 공간에 떠도는 빛의 입자를 바라보면서, 나 자신의 마음을 확인하려고 애썼다. 누구나 누군가에게 무엇인가를 갈구하고 있다. 그것은 확실했다. 그러나 그다음을 알 수 없었다. 내가 손을 내민 그 아주 조금 앞에는 막막한 공기의 벽이 있었다.

겨우내 나는 신주쿠의 작은 레코드 가게에서 아르바이트를 했다. 크리스마스에는 그녀가 좋아하는 〈디어 하트〉가 든 헨리 맨시니의 레코드를 선물했다. 내가 직접 포장해서 핑크색 리본을 달았다. 전나무가 그려진 크리스마스 포장지였다. 그녀는 내게 털실 장갑을 선물해주었다. 엄지 부분이 조금 짧긴 했지만 따뜻하다는 사실에는 변함이 없었다.

그녀는 겨울방학 때 집에 가지 않았기 때문에, 나는 설 연휴 동안 그녀의 아파트에서 같이 식사를 했다.

그 겨울에는 여러 가지 일이 일어났다.

1월 말쯤 내 룸메이트가 40도 가까이 열이 올라 이틀 동안 앓아누웠다. 덕분에 나는 데이트 약속을 한 그녀를 바람맞히고 말았다. 당장이라도 숨이 넘어갈 것 같은 녀석을 버려두고 나갈 수는 없었다. 나 말고 간병해줄 만한 사람도 찾을 수 없었다. 나는 얼음을 사와서 비닐봉지로 얼음주머니를 만들고, 타월을 차갑게 해서 땀을 닦아내며 한 시간마다 열을 쟀다. 열은 하루종일 내리지 않았다. 그러나 이틀째 아침에 그는 언제 아팠느냐는 듯이 벌떡 일어났다. 체온은 36.2도까지 내려갔다.

"이상해." 그가 말했다. "지금까지 열이라곤 나본 적 없었는데."

"하지만 났어." 내가 말했다. 그리고 그 덕분에 날려버린 두 장의 콘서트 초대권을 보여주었다.

"그래도 초대권이어서 다행이네." 그가 말했다.

2월에는 몇 번인가 눈이 내렸다.

2월이 끝날 무렵에 나는 시시한 일로 싸움이 붙어 기숙사 같은 층에 사는 상급생을 때렸다. 상대는 콘크리트 벽에 머리를 부딪혔다. 다행히 큰 상처는 없었지만, 나는 사감실에 불려가 주의를 받았다. 덕분에 기숙사 생활이 몹시 불편해졌다.

나는 열아홉이 되었고, 이윽고 2학년이 되었다. 나는 몇 개 과목에서 낙제했다. 성적은 거의 C나 D였고 B가 아주 조금 끼어 있었다. 그녀는 한 과목도 낙제하지 않고 2학년이 되었다. 계절이 한 바퀴 돈 것이다.

6월에 그녀는 스무 살이 되었다. 그녀가 스무 살이 된다는 건 뭔가 신기한 느낌이었다. 나나 그녀나 원래는 열여덟과 열아홉 사이를 왔다갔다하는 게 옳을 듯했다. 열여덟 다음에 열아홉이고, 열아홉 다음이 열여덟―그건 이해된다. 그러나 그녀는 스무 살이 되었다. 나도 오는 겨울에 스무 살이 된다. 죽은 자만이 언제까지나 열일곱이었다.

생일에는 비가 왔다. 나는 신주쿠에서 케이크를 사서 전철을 타고 그녀의 아파트에 갔다. 전철은 몹시 혼잡한데다 자주 흔들렸다. 덕분에 저녁 무렵 그녀의 방에 도착했을 때 케이크는 로마의 유적처럼 무너져 있었다. 그래도 일단 스무 개의 초를 꽂고 성냥으로 불을 붙였다. 창문의 커튼을 닫고 불을 끄자 그럴듯한 생일 분위기가 되었다. 그녀가 와인을 땄다. 그리고 케이크를 먹고 간단한 식사를 했다.

"스무 살이 되다니, 왠지 바보 같아." 그녀가 말했다. 식사가 끝나고 둘이서 그릇을 치우고 바닥에 앉아 남은 와인을 마셨다. 내가 한 잔 마시는 동안 그녀는 두 잔을 마셨다.

그녀는 그날따라 평소보다 말이 많았다. 어린 시절 얘기며 학교 얘기며 집 얘기를 했다. 어느 것이나 무척 긴 얘기였다. 긴데다가 이상할 정도로 세세했다. A의 얘기가 어느 틈엔가 거기에 포함된 B의 얘기가 되고, 이윽고 B에 포함된 C의 얘기가 되고, 그것이 한없이 이어졌다. 끝이 없었다. 나는 처음 얼마 동안은 적당히 맞장구를 쳐주었지만 곧 그만두었다. 나는 레코드를 틀고, 그것이 끝나면 바늘을 올리고 다음 레코드를 틀었다. 레코드를 전부 틀고 나면 다시 맨 처음 레코드를 걸었다. 창밖에는 계속 비가 내리고 있었다. 시간은 느릿느릿 흘렀고 그녀는 혼자서 얘기를 계속했다.

시계가 열한시를 가리켰을 때, 나는 아무래도 불안해졌다. 그녀는 벌써 네 시간째 이야기를 계속하고 있었다. 전철 막차 시간도 가까워지고 있었다. 어떻게 해야 할지 몰랐다. 그녀가 얘기하고 싶은 만큼 얘기하게 두는 편이 좋겠다는 생각도 들었고, 기회를 봐서 어딘가에서 끊는 편이 좋을 것 같기도 했다. 나는 한참을 망설였지만 결국 얘기를 멈추게 하기로 했다. 아무리 봐도 그녀는 너무 많이 떠들었다.

"너무 늦으면 안 되니까 그만 가볼게." 내가 말했다. "다음에 또 만나자."

내가 한 말이 그녀에게 전해졌는지 어땠는지는 알 수 없었다. 그녀는 아주 잠깐 입을 다물었다가 이내 다시 얘기를 시작했다. 나는 단념하고 담배에 불을 붙였다. 이렇게 된 바에야 그녀가 얘기하고 싶은 만큼 얘기하게 내버려두는 편이 좋을 것 같았다. 뒷일이야 어떻게든 되겠지.

그러나 그녀의 얘기는 그리 길게 계속되지 않았다. 문득 정신을 차렸을 때, 그녀의 얘기는 이미 끝나 있었다. 말의 가장자리가 잡아뜯긴 모양으로 공중에 떠 있었다. 정확하게 말하면 그녀의 얘기는 끝난 게 아니었다. 어딘가에서 갑자기 사라져버린 것이다. 그녀는 뭐라고 말을 이으려 했지만 거기에는 이제 아무것도 없었다. 무언가가 망가져버린 것이다. 그녀는 입술을 조금 벌린 채 멍하니 내 눈을 바라보고 있었다. 마치 불투명한 막을 거친 듯한 시선이었다. 나는 무척 나쁜 짓을 해버린 기분이 들었다.

"방해할 생각은 아니었어." 나는 확인하듯 한 마디씩 천천히 말했다. "그렇지만 시간도 늦었고, 게다가……"

그녀의 눈에서 넘친 눈물이 볼을 타고 내려와 레코드 재킷 위에 소리 내어 떨어질 때까지는 일 초도 걸리지 않았다. 한번 흘리기 시작하자 그다음에는 주체가 안 됐다. 그녀는 양손으로 바닥을 짚고 마치 토하는 것 같은 자세로 울었다. 나는 가만히 손을 뻗어 그녀의 어깨를 잡았다. 그녀의 어깨는 가늘게 떨리고 있었다. 그리고 나는 거의 무의식중에 그녀의 몸을 껴안았다. 그녀는 내 가슴 안에서 소리 내지 않고 울었다. 뜨거운 입김과 눈물로 내 셔츠가 젖었다. 그녀의 열 손가락이 마치 뭔가를 갈구하듯이 내 등을 헤매고 있었다. 나는 왼손으로 그녀의 몸을 안고 오른손으로 가느다란 머리칼을 어루만졌다. 나는 오랫동안 그 자세로 그녀가 울음을 그치기를 기다렸다. 그녀는 울음을 그치지 않았다.

*

그날 밤, 나는 그녀와 잤다. 그렇게 한 것이 옳았는지 어땠는지 나는 모르겠다. 그러나 그것 말고 어떻게 해야 했을까?

여자와 자는 것은 정말 오랜만이었다. 그녀는 그때가 처음이었다. 나는 어째서 그와 자지 않았는지 물어보았다. 그러나 그런 것은 묻지 말았어야 했다. 그녀는 아무 대답도 하지 않았다. 그리고 내 몸에서 손을 떼고 등을 돌린 채 창밖의 비를 바라보았다. 나는 천장을 바라보며 담배를 피웠다.

아침이 되자 비는 그쳐 있었다. 그녀는 등을 돌리고 자고 있었다. 어쩌면 그녀는 줄곧 깨어 있었는지도 모른다. 그러나 어느 쪽이든 내게는 마찬가지였다. 일 년 전과 같은 침묵이 그녀를 푹 뒤덮고 있었다. 나는 한참 동안 그대로 그녀의 하얀 등을 바라보다가 이윽고 포기하고 침대에서 일어났다.

방바닥에는 레코드 재킷이 어젯밤 그대로 흩어져 있었다. 테이블 위에는 모양이 흐트러진 케이크가 반쯤 남아 있었다. 마치거기서 갑자기 시간이 멈춰버린 듯한 느낌이었다. 책상 위에는 사전과 프랑스어 동사표가 놓여 있었다. 책상 앞 벽에는 달력이 걸려 있었다. 사진도 그림도 아무것도 없이 숫자뿐인 달력이었다. 달력은 깨끗했다. 메모도 없고, 표시도 없었다.

　나는 침대 밑에 떨어져 있던 옷을 주워 입었다. 셔츠의 가슴팍
은 아직도 차갑게 젖어 있었다. 얼굴을 가까이 대자 그녀의 머리
카락 냄새가 났다.

　나는 책상 위 메모지에 전화해달라고 썼다. 그리고 방을 나와
살며시 문을 닫았다.

　일주일이 지나도 전화는 오지 않았다. 그녀의 아파트에는 전
화가 놓여 있지 않았기 때문에 나는 긴 편지를 썼다. 나는 내가
느끼는 것을 되도록 솔직하게 썼다. 나로서는 이해할 수 없는 일
이 많고, 이해하려고 노력은 하고 있지만 거기에는 시간이 걸린
다. 그리고 그 시간이 지난 뒤에 내가 어디에 있을지 짐작도 할
수 없다. 그러나 나는 되도록 모든 것을 심각하게 생각하지 않으
려 한다. 심각하게 생각하기에 세계는 너무나 불확실하며, 아마
그 결과로서 주변 사람들에게 뭔가를 강요하게 될 것이다. 나는
타인에게 뭔가를 강요하고 싶지 않다. 네가 무척 보고 싶다. 그
러나 앞에서도 말했듯이, 그래도 되는지는 나도 모르겠다—그런
내용의 편지였다.

　7월 초에 답장이 왔다. 짧은 편지였다.

학교는 우선 일 년 동안 휴학하기로 했어. 우선이라고는 하지만, 아마 이젠 돌아가지 않을 거야. 휴학이란 건 어디까지나 절차상의 얘기야. 아파트는 내일 비우기로 했어. 갑작스러운 얘기라고 생각할지 모르겠지만, 이건 전부터 생각하고 있던 일이야. 네게 몇 번이나 의논하려고 했는데 도저히 할 수가 없었어. 입 밖에 내는 것이 몹시 두려웠어.

여러 일들은 신경쓰지 마. 설령 무슨 일이 일어났다고 해도, 무슨 일이 일어나지 않았다 해도, 결국은 이렇게 되었을 거란 생각이 들어. 어쩌면 이런 말투가 네게 상처를 줄지도 모르겠어. 만약 그렇다면 사과할게. 그저 내가 하고 싶은 말은 나 때문에 너 자신을 탓하거나 다른 누군가를 탓하지 말아달라는 거야. 이건 정말 내가 전부 감수해야 하는 일이야. 지난 일 년 남짓 나는 그걸 계속 미뤄왔고, 그 때문에 네게도 많은 걱정을 끼쳤던 것 같아. 그리고 아마 이게 한계일 거야.

교토의 산속에 괜찮은 요양소가 있다고 해서 우선 그곳에서 안정을 찾으려고 해. 병원이 아니라 훨씬 자유로운 곳이야. 자세한 얘기는 다음 기회에 쓸게. 지금은 뭐라고 써야 할지 모르겠어. 이 편지도 벌써 열 번도 더 고쳐썼어. 일 년 동안 내 곁에 있어준 것에 대해 나는 정말, 말로 표현할 수 없을 정도로

감사하고 있어. 그것만은 믿어줘. 그 이상은 아무 말도 할 수 없어. 네게 받은 레코드는 늘 소중하게 듣고 있어.

언젠가 다시 한번, 이 불확실한 세계의 어딘가에서 너를 만날 수 있다면, 그때는 더 많은 얘기를 나눌 수 있지 않을까 생각해.

안녕.

나는 그녀의 이 편지를 몇백 번이나 읽었다. 그리고 읽을 때마다 한없이 슬퍼졌다. 그것은 마치 그녀가 내 눈을 말끄러미 바라볼 때 드는 느낌과도 같은, 어찌할 바 모르는 슬픔이었다. 나는 그런 기분을 어디로 가져갈 수도, 어디에다 넣어둘 수도 없었다. 그것은 바람처럼 윤곽도 없고 무게도 없었다. 나는 그것을 몸에 걸칠 수조차 없었다. 풍경이 내 앞을 천천히 지나갔다. 그들이 하는 말들은 내 귀까지 닿지 않았다.

토요일 밤이 되면 나는 여전히 로비 의자에 앉아서 시간을 보냈다. 전화가 걸려올 곳은 없었지만, 그것 말고 무엇을 해야 좋을지 알 수 없었다. 나는 언제나 텔레비전 야구 중계를 켜놓고 보는 척했다. 그리고 나와 텔레비전 사이에 가로놓인 막막한 공간을 응시했다. 나는 그 공간을 둘로 나누고, 나눠진 공간을 또 둘로 나눴다. 그리고 그렇게 몇 번이나 계속하다 마지막에는 손바닥에 올려놓을 정도로 작은 공간을 만들어냈다.

열시가 되면 나는 텔레비전을 끄고 방으로 돌아와 잠들었다.

*

그달 말인가, 내 룸메이트가 인스턴트커피 병에 넣은 반딧불이를 주었다. 병 속에는 반딧불이 한 마리와 풀잎과 물이 조금 들어 있었다. 뚜껑에는 작은 공기구멍이 몇 개 뚫려 있었다. 주위가 아직 밝아서 그것은 그저 물가의 검은 벌레로밖에 보이지 않았다. 그러나 자세히 보면 확실히 그것은 반딧불이였다. 반딧불이는 매끄러운 유리벽을 기어오르려다가 번번이 미끄러져 떨어졌다. 그렇게 가까이서 반딧불이를 보는 것은 오랜만이었다.

"마당에 있었어. 근처 호텔에서 손님들을 위해 풀어놓은 게 이쪽으로 흘러들어왔나봐." 그는 보스턴백에 옷가지며 노트를 챙겨넣으면서 말했다. 벌써 여름방학이 시작된 지 몇 주가 지났다. 기숙사에 남아 있는 사람은 우리뿐이었다. 나는 집에 가고 싶지 않아서 남아 있었고, 그는 실습이 있었다. 그러나 그 실습이 끝나자 그도 집에 갈 준비를 했다.

"여자애한테 줘봐. 분명히 좋아할 거야." 그는 말했다.

"고마워."

해가 저물자 기숙사에는 고요가 감돌았다. 국기가 깃대에서 내려지고, 식당 창에 불이 켜졌다. 학생들이 적어진 탓에 식당 불은 언제나 반밖에 켜져 있지 않았다. 오른쪽 반은 꺼지고 왼쪽 반만 켜져 있었다. 그래도 희미하게 저녁밥 냄새가 났다. 크림 스튜 냄새였다.

나는 반딧불이가 든 인스턴트커피 병을 들고 옥상으로 올라갔다. 옥상에는 인기척이 없었다. 누군가 걷는 것을 잊어버린 하얀 셔츠가 빨랫줄에 걸려서 무슨 허물처럼 저녁 바람에 흔들리고 있었다. 나는 옥상 구석에 있는 녹슨 철제 사다리를 타고 올라가 급수탑 위에 섰다. 원통형의 급수 탱크는 낮 동안 듬뿍 빨아들인 열로 아직 따뜻했다. 좁은 공간에 앉아 난간에 기대 있으니 아주 조금 이지러진 흰 달이 눈앞에 떠올랐다. 오른쪽에는 신주쿠 거리가, 왼쪽으로는 이케부쿠로 거리가 보였다. 자동차 헤드라이트가 선명한 빛의 강이 되어 거리에서 거리로 흘러가고 있었다. 다양한 소리들이 뒤섞인 부드러운 신음이 마치 구름처럼 거리 위로 떠올랐다.

병 속에서 반딧불이는 은은하게 빛나고 있었다. 그러나 그 빛은 너무도 약했고, 그 색은 너무도 엷었다. 내 기억 속에서 반딧불은 좀더 뚜렷하고 선명한 빛을 여름의 어둠 속에 뿌렸다. 그래야만 하는 것이다.

반딧불이는 힘이 빠져 죽어가는 건지도 모른다. 나는 병 주둥이를 쥐고 몇 번 흔들어보았다. 반딧불이는 유리벽에 몸을 부딪히고 아주 조금 날았다. 그러나 그 빛은 여전히 희미하기만 했다.

아마 내 기억이 잘못됐을 것이다. 반딧불이의 빛은 실제로는 그리 선명한 것이 아니었는지도 모른다. 내가 그저 그렇게 믿고 있었을 뿐인지도 모른다. 혹은 그때 나를 둘러싸고 있던 어둠이 너무나 깊었던 탓인지도 모른다. 나는 잘 떠올릴 수가 없었다. 마지막으로 반딧불이를 본 게 언제였는지도 떠올릴 수 없었다.

내가 기억하는 것은 밤의 어두운 물소리뿐이었다. 벽돌로 만든 오래된 수문도 있었다. 핸들을 빙빙 돌려서 열고 닫는 수문이었다. 강가에 자란 물풀들이 수면을 다 덮어버린 듯한 작은 개울이었다. 주위는 캄캄하고, 수문 위를 몇백 마리의 반딧불이들이 날아다녔다. 그 노란 빛덩어리가 마치 타오르는 불똥처럼 수면에 반사되어 반짝였다.

그건 대체 언제의 기억일까? 그리고 대체 어디였던 걸까.

잘 생각나지 않는다.

이제 와서는 여러 가지 일들이 앞뒤 없이, 마구 뒤섞여버렸다.

나는 눈을 감고 마음을 가다듬기 위해 몇 번 심호흡을 해보았다. 가만히 눈을 감고 있자 몸이 금방이라도 여름의 어둠 속으로 빨려들어갈 것 같은 느낌이었다. 생각해보니 해가 저문 뒤 급수탑에 올라온 것은 처음이었다. 다른 때보다 바람 소리가 또렷하게 들렸다. 그리 센 바람도 아닌데, 그것은 이상할 정도로 선명한 궤적을 남기고 내 옆을 지나갔다. 천천히 시간을 들여 밤이 지표를 덮어갔다. 도시의 빛이 아무리 자기의 존재를 드러내려 해도 밤은 제 몫을 확실히 가져가고 있었다.

나는 병뚜껑을 열고 반딧불이를 꺼내 3센티미터쯤 튀어나온 급수탑의 모서리에 올려놓았다. 반딧불이는 자기가 처한 상황이 잘 파악되지 않는 모양이었다. 녀석은 볼트 주변을 비틀거리면서 한 바퀴 돌기도 하고, 부스럼 딱지처럼 벗겨진 페인트 자국에 발을 걸치기도 했다. 잠깐 오른쪽으로 가서 거기가 막다른 곳이란 걸 확인하고 다시 왼쪽으로 돌아왔다. 그리고 시간을 들여 볼트의 꼭대기로 기어올라가 그곳에 가만히 웅크렸다. 반딧불이는 마치 숨이 끊긴 듯 그대로 꼼짝도 하지 않았다.

나는 난간에 기댄 채 그런 반딧불이의 모습을 바라보았다. 한참 동안 우리는 움직이지 않았다. 바람만이 우리 사이를 강물처럼 흘러갔다. 느티나무가 어둠 속에서 무수한 잎들을 비벼댔다.

나는 언제까지고 계속 기다렸다.

반딧불이가 날아오른 것은 훨씬 후의 일이었다. 녀석은 뭔가를 떠올린 듯이 갑자기 날개를 펴더니, 그다음 순간에는 난간을 넘어 옅은 어둠 속에 떠올랐다. 그리고 마치 잃어버린 시간을 되찾으려는 듯이 급수탑 주변에서 재빠르게 호를 그렸다. 그리고 그 빛의 선이 바람에 스며드는 것을 지켜보듯이 잠깐 그곳에 머무르더니, 이윽고 동쪽을 향해 날아갔다.

반딧불이가 사라진 후에도 그 빛의 궤적은 내 안에 오랫동안 머물러 있었다. 감은 눈의 두터운 어둠 속에서, 그 약하디약한 빛은 마치 갈 곳을 잃은 영혼처럼 언제까지고 떠돌고 있었다.

나는 몇 번이나 그런 어둠 속에 가만히 손을 뻗어보았다. 손가락에는 아무것도 닿지 않았다. 그 작은 빛은, 언제나 내 손가락 조금 앞에 있었다.

헛간을 태우다

그녀와는 아는 사람 결혼 피로연에서 만나 친해졌다. 삼 년 전의 일이다. 그녀와 나는 열두 살 가깝게 나이차가 났다. 그녀는 스물이고 나는 서른하나였다. 그러나 그것은 별로 대단한 문제가 아니었다. 그 무렵 나는 그것 말고도 골머리 앓을 일들이 얼마든지 많아서, 솔직히 그깟 나이 같은 걸 일일이 생각하고 있을 틈이 없었다. 그녀는 처음부터 나이에 대해서는 관심도 없었다. 나는 기혼이었지만 그것도 문제가 되지 않았다. 나이니 가정이니 수입이니 하는 것은 발 크기며 목소리 톤이며 손톱 모양과 같이 순수하게 선천적인 것이라고 믿는 듯했다. 요컨대 고민한다고 해결되는 종류의 것이 아니라는 거다. 듣고 보니 그럴듯했다.

그녀는 아무개라는 유명한 선생 밑에서 팬터마임 공부를 하는 한편, 생계를 위해 광고 모델 일을 하고 있었다. 하지만 게으름을 부리며 걸핏하면 에이전트를 통해 들어오는 일을 거절해서 그쪽 수입은 정말 보잘것없었다. 부족한 부분은 주로 그녀 주변에 있는 남자친구들의 호의로 충당하는 것 같았다. 물론 확실한 것은 모른다. 그녀의 얘기를 듣고 대충 그렇지 않을까 짐작했을 뿐이다.

그렇다고 해서 그녀가 돈 때문에 남자와 잔다거나 하는 얘기는 아니다. 어쩌면 이따금 그 비슷한 일이 있었는지도 모른다. 그러나 만약 그랬다 해도 그것은 본질적인 문제가 아니었다. 본질은 아마도 훨씬 더 단순한 부분에 있었다. 그리고 그 개방적이고 천진난만한 단순함이 모종의 사람들을 매혹하는 것이다. 그들은 그 단순함과 직면하면 자신들이 갖고 있는 복잡하게 얽힌 감정을 문득 그곳에다 끼워맞춰보고 싶어지는 것이다. 잘 설명할 수 없지만 이를테면 그런 거다. 그녀는 말하자면 그런 단순함에 의지하여 살고 있었다.

물론 그런 작용이 언제까지나 계속되는 것은 아니다. 그런 일이 영원히 계속된다면 우주의 구조 자체가 뒤집혀버린다. 그것이 일어날 수 있는 것은 어떤 특정 장소, 어떤 특정 시기뿐이다. 마치 '귤껍질 까기'와 같다.

그러니까 이런 이야기다.

처음 만났을 때 그녀는 내게 팬터마임 공부를 하고 있어요, 라고 말했다.

호오, 나는 말했다. 그리 놀라지도 않았다. 요즘 젊은 여자애들은 모두 무언가를 하고 있다. 게다가 그녀는 무언가에 진지하게 파고들어 재능을 갈고닦을 타입으로는 보이지 않았다.

그리고 그녀는 '귤껍질 까기'를 했다. '귤껍질 까기'란 말 그대로 귤껍질을 까는 것이다. 그녀의 왼쪽에 귤이 가득 든 유리통이 있고, 오른쪽에는 귤껍질을 넣는 통이 있다—는 설정이다—사실은 아무것도 없다. 그녀는 그 상상 속의 귤을 하나 들고 천천히 껍질을 벗겨, 한 알씩 입에 넣고 씹다가 찌꺼기를 뱉어내고, 한 개를 다 먹으면 찌꺼기를 모아 껍질로 싸서 오른쪽 통에 넣는다. 그 동작을 끝없이 되풀이한다. 말로 설명하면 별로 대단치 않다. 그러나 실제로 눈앞에서 십 분이고 이십 분이고 그러는 것을 바라보고 있으면—나와 그녀는 바의 스탠드 석에 앉아 잡담을 나누고 있었는데, 그녀는 얘기를 하면서 거의 무의식적으로 그 '귤껍질 까기'를 계속했다—점점 내 주변에서 현실감이 흡수되어버리는 듯한 느낌이 드는 것이다. 이것은 매우 묘한 기분이다. 옛날에 아이히만이 이스라엘의 법정에서 재판을 받을 때, 밀실에 가두어 조금씩 공기를 빼는 형벌을 누군가가 제안했다고 한다. 결국 어떤 처형 방법을 택했는지 잘은 모르지만, 나는 문득 그 생각이 났다.

"제법 재능이 있어 보이는걸." 나는 말했다.

"어머, 간단한 거예요. 재능이고 뭐고 할 것도 없어요. 그러니까요, 거기에 귤이 있다고 생각하는 게 아니라, 거기에 귤이 없다는 걸 잊어버리면 되는 거예요. 그뿐이에요."

"마치 선禪 같네."

나는 그래서 그녀가 마음에 들었다.

나와 그녀가 그리 자주 만난 것은 아니다. 대체로 한 달에 한 번, 많아야 두 번 정도였다. 주로 내가 그녀에게 전화를 걸어 어디 놀러가지 않겠느냐고 권했다. 우리는 식사를 하거나 바에 가서 술을 마셨다. 그리고 열심히 얘기를 했다. 나는 그녀의 얘기를 듣고 그녀는 내 얘기를 들었다. 우리 두 사람 사이에는 공통된 화제가 거의 없었지만 별로 개의치 않았다. 우리는 말하자면 친구 같은 관계였다. 물론 먹고 마시는 비용은 전부 내가 냈다. 그녀가 먼저 내게 전화를 걸 때도 있었지만, 그건 대부분 돈이 떨어졌거나 배가 고플 때였다. 그런 때 그녀는 항상 정말이지 믿겨지지 않을 정도로 많은 양을 먹어댔다.

그녀와 둘이 있으면 나는 마음이 몹시 편했다. 하고 싶지 않은 일이며 결론을 내리기 힘든 사소한 골칫거리, 영문 모를 인간이 떠안은 영문 모를 사상에 대한 것들을 깡그리 잊을 수 있었다. 그녀에게는 그런 능력이 있었다. 그녀가 하는 얘기에는 특별히 의미라 할 것이 없었다. 나는 맞장구를 치면서도 그 내용은 거의 듣고 있지 않을 때도 많았다. 그녀의 얘기에 귀를 기울이고 있으면 멀리 흐르는 구름을 바라볼 때처럼 아주 아련해지고 기분이 좋았다.

나도 그녀에게 많은 이야기를 했다. 개인적인 것부터 일반론까지, 나는 몹시 솔직하게 내 생각을 말했다. 어쩌면 그녀도 나와 마찬가지로 건성으로 흘려들으면서 맞장구를 치는 건지도 모른다. 그러나 만약 그렇다 해도 나는 전혀 상관없다. 내가 원했던 것은 어떤 유의 기분이었다. 적어도 이해와 동정은 아니었다.

이 년 전 봄에, 그녀의 아버지가 심장병으로 세상을 떠나 그녀에겐 약간의 목돈이 생겼다. 적어도 그녀의 얘기에 따르면 그랬다. 그녀는 그 돈으로 한동안 북아프리카에 가 있고 싶다고 했다. 왜 하필 북아프리카인지는 잘 모르겠지만, 마침 나는 도쿄의 알제리 대사관에 근무하는 여자를 알고 있어서 그녀에게 소개해주었다. 그래서 그녀는 알제리로 갔다. 어쩌다보니 나는 공항까지 배웅을 나갔다. 그녀는 갈아입을 옷을 쑤셔넣은 초라한 보스턴백 하나만 달랑 들고 왔다. 그녀는 겉으로 보면 북아프리카에 간다기보다 북아프리카로 돌아가는 느낌으로 수화물 검사를 받고 있었다.

"정말 일본으로 돌아올 거지?" 나는 물어보았다.

"물론 돌아오죠." 그녀는 말했다.

석 달 뒤에 그녀는 일본으로 돌아왔다. 갈 때보다 3킬로그램 정도 빠졌고 새까맣게 타 있었다. 그리고 새 애인을 데리고 왔다. 두 사람은 알제리의 레스토랑에서 알게 되었다고 했다. 알제리에는 일본인 수가 적어서 두 사람은 금방 가까워졌고, 연인 사이가 되었다. 내가 아는 한 그녀에게는 그 남자가 최초의, 제대로 된 정식 애인이었다.

그는 이십대 후반으로 키가 크고, 언제나 깔끔한 옷차림에 정중한 말투를 썼다. 표정이 조금 빈약했지만 대충 핸섬한 부류에 속했고 느낌도 나쁘지 않았다. 손이 크고 손가락이 길었다.

어째서 그 남자를 그렇게 자세히 아는가 하면, 내가 공항까지 두 사람을 마중 나갔기 때문이다. 갑자기 베이루트에서 날짜와 비행기 넘버만 쓰인 전보가 날아왔던 것이다. 공항에 나와달라는 것 같았다. 비행기가 도착하자—비행기는 악천후 때문에 자그마치 네 시간이나 연착했고, 그동안 나는 커피숍에서 주간지를 세 권 읽었다—두 사람이 팔짱을 끼고 게이트에서 나왔다. 두 사람은 호감 가는 젊은 부부같이 보였다. 그녀가 내게 남자를 소개했다. 우리는 거의 반사적으로 악수를 했다. 그는 외국에서 오

래 산 사람이 흔히 그러듯 손을 꼭 잡았다. 그리고 우리는 레스
토랑으로 갔다. 그녀는 튀김덮밥이 너무 먹고 싶었다며 튀김덮
밥을 시켰고, 그와 나는 생맥주를 마셨다.

무역 일을 하고 있습니다, 그는 말했다. 그러나 업무 내용에
관해서는 그 이상 아무 말도 하지 않았다. 그다지 자기 일 얘기
를 하고 싶지 않은 건지, 아니면 내가 지루해할까봐 안 하는 건
지는 잘 알 수 없었다. 그러나 내 쪽도 특별히 무역 얘기가 듣고
싶은 건 아니어서 굳이 질문은 하지 않았다. 이야깃거리가 없어
서 베이루트의 치안 상태며 튀니스의 상수도 얘기를 했다. 그는
북아프리카에서 중동에 이르기까지 그쪽 정세에 아주 해박한 듯
했다.

튀김덮밥을 다 먹고 나자 그녀는 크게 하품을 하더니 졸리다
고 했다. 그대로 잠들어버릴 기세였다. 말하는 걸 깜박했는데,
장소를 불문하고 졸음이 오는 것이 그녀의 버릇이다. 그가 택시
로 집까지 바래다주겠다고 했다. 나는 전철이 더 빠르니 전철로
가겠다고 했다. 무엇 때문에 일부러 공항까지 나갔는지 알 수가
없었다.

"만나서 반가웠습니다." 그는 나를 향해 미안한 듯이 말했다.

"저야말로." 나도 말했다.

그후로 나는 몇 번인가 그와 얼굴을 마주치게 되었다. 어딘가에서 그녀와 우연히 마주칠 때면 옆에는 반드시 그가 있었다. 내가 그녀와 데이트를 할 때 그가 약속장소까지 차로 데려다주는 일도 있었다. 그는 얼룩 하나 없는 은색 독일제 스포츠카를 타고 있었다. 나는 차에 대해서 거의 모르기 때문에 자세히 설명할 수는 없지만, 왠지 페데리코 펠리니의 흑백영화에 나올 법한 분위기의 차였다. 평범한 샐러리맨이 몰 만한 차는 아니다.

"굉장한 부자 같은데?" 한번은 그녀에게 물어보았다.

"그러게요." 그녀는 별로 흥미 없다는 듯이 대답했다. "그런 것 같아요."

"무역 일로 그렇게 돈이 많이 벌리나?"

"무역 일?"

"그 사람이 그러던데. 무역 일을 한다고."

"그럼 그렇겠죠. 그렇지만…… 잘 모르겠어요. 별로 일하는 것같이 보이지 않거든요. 자주 사람을 만나고 전화를 거는 눈치긴 하지만."

꼭 피츠제럴드의 『위대한 개츠비』 같다고 나는 생각했다. 뭘 하는지는 모르겠지만 돈은 많은 수수께끼의 청년들.

*

　10월의 어느 일요일 오후 그녀에게서 전화가 왔다. 아내는 아침부터 친척집에 가서 나는 혼자였다. 화창하게 맑은 기분좋은 일요일이었고, 나는 정원의 녹나무를 바라보며 사과를 먹고 있었다. 그날만 벌써 일곱 개째 사과를 먹고 있었다. 이따금 그럴 때가 있다. 병적으로 사과가 먹고 싶어진다. 어쩌면 그건 무언가의 징조일지도 모른다.

　"지금 그쪽에서 가까운 곳에 있는데, 둘이서 놀러가도 돼요?" 그녀가 말했다.

　"둘?" 나는 되물었다.

　"나랑 그 사람이요." 그녀는 말했다.

　"되지, 물론." 나는 말했다.

　"그럼, 삼십 분 안에 갈게요." 그녀가 말했다. 그리고 전화를 끊었다.

　나는 소파에서 잠시 멍하니 있다가 욕실로 가서 샤워를 하고 수염을 깎았다. 그리고 몸을 말리면서 귀를 후볐다. 방을 정리할까 어쩔까 망설였지만 결국 관뒀다. 전부 깨끗이 정리하기에는 시간이 부족했고, 전부 정리하지 못할 바에야 차라리 하지 않는 쪽이 나을 것 같았다. 방에는 책이며 잡지, 편지, 레코드, 연필,

스웨터 같은 것들로 잔뜩 어질러져 있었지만 특별히 불결한 느낌은 없었다. 일 하나를 막 끝낸 뒤여서 뭘 할 마음이 들지 않았다. 나는 소파에 앉아 녹나무를 보면서 사과를 한 개 더 먹었다.

그들은 두시 조금 지나서 도착했다. 집 앞에 스포츠카 서는 소리가 났다. 현관에 나가보니 낯익은 은색 스포츠카가 도로에 서 있었다. 그녀가 창으로 얼굴을 내밀며 손을 흔들고 있었다. 나는 차를 뒤뜰의 주차 공간으로 안내했다.

"왔어요." 생글생글 웃으면서 그녀가 말했다. 그녀는 유두 모양이 선명하게 드러날 정도로 얇은 셔츠에 올리브그린색 미니스커트를 입고 있었다.

그는 네이비블루색 블레이저코트를 입고 있었다. 전에 만났을 때와 인상이 조금 다른 느낌이었는데 알고 보니 이틀은 깎지 않은 듯 보이는 수염 탓이었다. 깎지 않았다고는 하지만, 지저분한 느낌은 전혀 없고 그저 약간 그늘이 짙어진 느낌이었다. 그는 차에서 내리자 선글라스를 벗어 가슴 주머니에 넣었다.

"쉬는 날 이렇게 갑자기 찾아와서 정말 죄송합니다." 그가 말했다.

"아니, 별로 상관없어. 매일이 쉬는 날이나 마찬가지고, 게다가 혼자 지루하던 참이었어." 나는 말했다.

"먹을 것 갖고 왔어요." 그녀가 뒷좌석에서 커다란 흰색 종이

봉투를 꺼냈다.

"먹을 것?"

"별거 아닙니다. 그냥 일요일에 갑자기 찾아뵙는데, 뭐 먹을 거라도 들고 오는 게 좋을 것 같아서요." 그가 말했다.

"그것 고맙군. 그러지 않아도 아침부터 사과만 먹었거든."

우리는 집안으로 들어와 음식들을 테이블 위에 펼쳐놓았다. 아주 훌륭한 음식들이었다. 로스트비프 샌드위치와 샐러드, 훈제 연어, 블루베리 아이스크림. 양도 충분했다. 그녀가 접시에 요리를 옮겨담는 동안 나는 냉장고에서 화이트와인을 꺼내 마개를 땄다. 꼭 파티 같아졌다.

"어서 먹자고요. 배고파 죽겠어요." 언제나처럼 배고파하며 그녀가 말했다.

우리는 샌드위치를 먹고, 샐러드를 먹고, 훈제 연어를 맛보았다. 와인이 바닥나자 나중에는 냉장고에서 캔맥주를 꺼내 마셨다. 우리집 냉장고에는 캔맥주만은 언제나 빼곡히 들어 있다. 친구가 작은 회사를 경영하는데, 남아도는 선물용 맥주 상품권을 싸게 나눠주기 때문이다.

그는 아무리 마셔도 안색 하나 바뀌지 않았다. 나도 맥주라면 어지간히 마신다. 그녀도 같이 어울려 몇 캔인가 마셨다. 결국 한

시간도 안 되는 사이에 빈 맥주캔이 책상 위에 죽 늘어섰다. 대단했다. 그녀가 레코드장에서 몇 장을 골라와 오토 체인지 플레이어에 올렸다. 마일스 데이비스의 〈에어진〉이 들려왔다.

"오토 체인지 개러드라니, 요즘 보기 드문 걸 갖고 계시는군요." 그가 말했다.

나는 내가 오토 체인저 팬임을 설명했다. 그리고 상태가 좋은 개러드를 찾아내는 데 꽤 고생했다는 것도. 그는 맞장구를 치며 예의바르게 내 얘기를 들었다.

한동안 오디오 얘기를 나눈 뒤 그는 잠깐 입을 다물었다. 그리고 "그래스*가 있는데 피우시겠습니까?"라고 말했다.

나는 약간 망설였다. 왜냐하면 담배를 끊은 지 한 달밖에 되지 않아서 미묘한 시기였고, 이 시점에서 마리화나를 피우는 것이 그것에 어떻게 작용할지도 몰랐기 때문이다. 그러나 결국 피우기로 했다. 그는 종이봉투 안에서 알루미늄 포일을 꺼내더니, 잎을 종이 위에 올리고 둘둘 말아 끝 부분에 침을 발랐다. 라이터로 불을 붙이고 몇 번인가 빨아서 불이 제대로 붙은 것을 확인하고는 내게 돌렸다. 아주 질이 좋은 마리화나였다. 우리는 한동안 아무 말도 없이 그것을 한 모금씩 빨고는 순서대로 돌렸다. 마일

---

* Grass, 대마초를 일컫는 은어.

스 데이비스가 끝나고 요한 슈트라우스의 왈츠곡집으로 바뀌었다. 이상한 선곡이지만 뭐 나쁘지는 않다.

한 개비를 다 피웠을 때, 그녀가 졸리다고 했다. 수면 부족인데다 맥주를 세 캔 마시고 마리화나까지 피운 탓이었다. 그녀는 정말로 금방 졸음을 느낀다. 나는 그녀를 2층으로 데려가 침대에 눕혔다. 그녀는 티셔츠를 빌려달라고 했다. 내가 티셔츠를 건네자 그녀는 옷을 홀러덩 벗고 팬티 차림으로 티셔츠를 뒤집어쓰고 드러누웠다. 내가 춥지 않냐고 물었을 때는 이미 새근거리며 잠들어버렸다. 나는 고개를 저으며 아래로 내려왔다.

응접실에서는 그녀의 애인이 두 개비째 마리화나를 말고 있었다. 터프한 남자다. 나도 사실은 그녀 옆에 누워 푹 잠들어버리고 싶었다. 하지만 그럴 수는 없다. 우리는 두 개비째 마리화나를 피웠다. 아직 요한 슈트라우스의 왈츠가 이어지고 있었다. 나는 느닷없이 초등학교 학예회 때 한 연극이 생각났다. 나는 거기서 장갑 파는 아저씨 역을 맡았다. 새끼 여우에게 장갑을 파는 아저씨 역할이다. 그러나 새끼 여우가 가져온 돈으로는 장갑을 살 수 없었다.

"그거로는 장갑을 살 수 없는데." 나는 말한다. 좀 악역이다.

"하지만 엄마가 몹시 추워하세요. 손이 다 텄어요." 새끼 여우가 말한다.

"아냐, 안 돼. 돈을 모아서 다시 와. 그러면"

"가끔씩 헛간을 태운답니다."

그가 말했다.

"뭐라고?" 내가 물었다. 잠깐 멍하니 있었던 탓에 잘못 들은 것 같아서였다.

"가끔씩 헛간을 태운답니다." 그가 반복했다.

나는 그를 쳐다보았다. 그는 손톱 끝으로 라이터의 모양을 따라 더듬고 있었다. 그리고 마리화나 연기를 힘껏 폐 속으로 빨아들여 십 초쯤 그대로 있다가 천천히 뱉어냈다. 마치 엑토플라즘처럼 연기가 그의 입에서 공중으로 떠돌았다. 그는 내게 마리화나를 건넸다.

"물건이 아주 좋죠?" 그가 말했다.

나는 고개를 끄덕였다.

"인도에서 가져온 겁니다. 특별히 질 좋은 것만 골랐죠. 이걸 피우고 있으면 이상하게도 여러 일들이 떠오릅니다. 빛이라든가 냄새라든가, 그런 것들이요. 기억의 질이……" 그는 거기서 천천히 틈을 두고 적당한 말을 찾듯이 몇 번인가 가볍게 손가락을 꺾었다. "전혀 달라져요. 그렇게 생각하지 않으십니까?"

그렇게 생각해, 나는 대답했다. 나도 마침 학예회 무대의 술렁거림과 큰 종이에 배경으로 칠한 그림물감 냄새 등을 떠올리던

64

참이었다.

"헛간 이야기를 듣고 싶군." 내가 말했다.

그는 내 얼굴을 보았다. 얼굴에는 여전히 표정다운 것이 없었다.

"얘기해도 괜찮을까요?" 그가 물었다.

"물론." 나는 대답했다.

"간단한 이야기입니다. 휘발유를 뿌리고, 불이 붙은 성냥을 던지는 겁니다. 가만 놔두고, 그게 끝이죠. 다 타는 데 십오 분도 걸리지 않습니다."

"그런데" 하고 말한 뒤 나는 입을 다물었다. 다음에 할 말이 잘 떠오르지 않았다. "어째서 헛간을 태우는 거지?"

"이상한가요?"

"모르겠군. 자네는 헛간을 태우고, 나는 헛간을 태우지 않는다. 둘 사이에는 확실한 차이가 있고, 나는 어느 쪽이 이상하다고 하기보다는 먼저 그 차이를 확실히 해두고 싶어. 게다가 헛간 이야기는 자네가 먼저 꺼냈잖아."

"그렇습니다." 그는 말했다. "그건 그렇습니다. 그런데 라비 샹카르의 레코드 있습니까?"

없어, 나는 대답했다.

그는 잠시 멍하니 있었다. 그의 의식은 고무찰흙처럼 흐물흐물해 보였다. 어쩌면 의식이 흐물흐물한 건 내 쪽인지도 모른다.

"두 달에 한 번쯤은 헛간을 태웁니다." 그가 말했다. 그리고 또 손가락을 꺾었다. "그 정도 페이스가 가장 좋은 것 같습니다. 물론 제게는 말입니다."

나는 애매하게 고개를 끄덕였다. 페이스?

"그런데 자네는 자네의 헛간을 태우는 건가?" 내가 물었다.

그는 이해할 수 없다는 시선으로 내 얼굴을 보았다. "왜 제가 저희 집 헛간을 태우겠습니까? 어떻게 제가 몇 개나 되는 헛간을 갖고 있을 거라 생각하시는 거죠?"

"그렇다면." 나는 말했다. "남의 헛간을 태운단 말인가?"

"그렇죠." 그는 말했다. "당연히 그래요. 남의 헛간이죠. 그러니까 말하자면 범죄행위죠. 당신과 제가 지금 이렇게 마리화나를 피우는 것처럼, 명백한 범죄행위입니다."

나는 의자 팔걸이에 팔꿈치를 짚은 채 침묵했다.

"남이 소유한 헛간에 무단으로 불을 지르는 겁니다. 물론 큰 화재가 날 만하지 않은 걸 고르죠. 왜냐면 전 방화를 하고 싶은 게 아니라 헛간을 태우고 싶은 것뿐이니까요."

나는 고개를 끄덕이며 짧아진 마리화나를 비벼 껐다. "그렇지만 잡히면 문제가 되잖나. 어쨌든 방화니까 자칫하면 실형을 받을지도 몰라."

"잡히지 않습니다." 그는 태연하게 말했다. "휘발유를 뿌리고 성냥을 던지고 바로 달아나는걸요. 그러고는 멀리서 망원경으로 유유히 구경하죠. 잡힐 리가 있나요. 무엇보다 별것도 아닌 헛간 하나 탄 것으로 경찰이 움직이지는 않으니까요."

하긴 그렇겠다고 생각했다. 게다가 외제차를 탄 세련된 젊은 남자가 설마 헛간을 태우리라고 아무도 생각하지 않을 테니까.

"그래, 그녀는 알고 있나?" 나는 손가락으로 2층 쪽을 가리키며 물었다.

"아무것도 모릅니다. 솔직히 말하자면 이 얘기는 당신한테밖에 하지 않았습니다. 그런 얘길 아무한테나 떠들 수는 없잖아요."

"어째서 내게는 말하는 거지?"

그는 왼손 손가락을 곧게 펴더니 자기 볼을 문질렀다. 조금 자란 수염이 메마른 소리를 냈다. 팽팽한 얇은 종이 위로 벌레가 기어가는 듯한 소리였다. "당신은 소설을 쓰는 사람이니 인간의 행동양식 같은 데 흥미가 있지 않을까 싶었습니다. 그리고 소설 가란 어떤 사물에 대한 판단을 내리기 전에 그 사물을 있는 그대로 즐기는 사람이라고 생각했습니다. 즐긴다는 말이 좀 그렇다면 있는 그대로 받아들인다고 해도 될까요. 그래서 얘기한 겁니다. 저도 그러고 싶었고요."

나는 고개를 끄덕였다. 그러나 내가 그것을 어떤 식으로 있는 그대로 받아들여야 좋을지, 솔직히 잘 알 수 없었다.

 "이렇게 말하면 이상할지도 모르겠습니다만." 그는 얼굴 앞에서 양손을 펼쳤다가 다시 천천히 모았다. "세상에는 헛간이 얼마든지 있고, 그것들은 모두 내가 태워주기만 기다리는 것 같다는 생각이 듭니다. 해변에 우뚝 서 있는 헛간도 그렇고, 논밭 한가운데 서 있는 헛간도 그렇고…… 어쨌든 여러 헛간들이 말입니다. 십오 분이면 깨끗하게 태워버릴 수 있지요. 마치 처음부터 그런 건 존재하지도 않았던 것처럼요. 아무도 슬퍼하지 않습니다. 그저—사라질 뿐이죠. 깨끗이요."

 "그게 불필요한 건지 어떤지는 자네가 판단하는 거군."

 "저는 판단 같은 거 하지 않습니다. 그것은 태워지기를 기다리는 겁니다. 저는 그 사실을 받아들일 뿐입니다. 아시겠어요? 그곳에 있는 것을 받아들일 뿐입니다. 비와 같은 거죠. 비가 온다. 강이 넘친다. 무언가가 떠내려간다. 비가 판단을 합니까? 보세요, 저는 절대 비도덕적인 것을 지향하는 게 아닙니다. 전 저 나름대로 도덕이라는 것을 믿습니다. 도덕은 인간 존재에 무척 중요한 힘이죠. 도덕 없이 인간은 존재할 수 없습니다. 전 도덕이라는 것은 동시 존재의 균형이 아닐까 생각합니다."

 "동시 존재?"

 "즉 나는 여기에도 있고, 저기에도 있다. 나는 도쿄에도 있고,

동시에 튀니스에도 있다. 야단치는 것도 저고, 용서하는 것도 접니다. 이를테면 그런 겁니다. 그런 균형이 있는 거죠. 그런 균형 없이 우리는 살아갈 수 없다고 생각합니다. 말하자면 물림쇠 같은 겁니다. 그게 없으면 우리는 스르르 풀어져서 말 그대로 조각조각이 날 겁니다. 그게 있기 때문에 우리의 동시 존재가 가능해지죠."

"즉 자네가 헛간을 태우는 건 도덕적으로 마땅한 행위라는 뜻인가?"

"정확하게는 아니죠. 그건 도덕을 유지하기 위한 행위입니다. 하지만 도덕에 대해선 잊어버리는 게 좋을 거예요. 그건 여기서는 본질적인 문제가 아니거든요. 제가 말하고 싶은 건, 세상에는 그런 헛간이 얼마든지 있다는 겁니다. 제게는 제 헛간이 있고, 당신에게는 당신의 헛간이 있어요. 정말입니다. 저는 전 세계 거의 모든 곳에 가봤습니다. 갖가지 경험을 했습니다. 몇 번이나 죽을 고비를 넘겼습니다. 자랑하는 게 아닙니다. 그렇지만 그만두죠. 저는 평소에 말이 없는 만큼, 그래스를 하면 말이 너무 많아집니다."

우리는 마치 달아오른 열기를 식히듯이 그대로 한동안 침묵했다. 무슨 말을 어떻게 해야 좋을지 알 수 없었다. 마치 차창에 연달아 나타났다가 사라지는 기묘한 풍경을 자리에 앉아 바라보는 기분이었다. 몸이 이완되어, 세부의 움직임을 잘 파악할 수 없었다. 그러나 나는 내 몸의 존재 자체를 하나의 관념으로 또렷하게 느낄 수 있었다. 그것은 분명히 동시 존재적이라고 말할 수 있다. 생각하는 내가 있고, 그 생각하는 나를 바라보는 내가 있다. 시간은 매우 정밀하게 폴리리듬을 새기고 있었다.

"맥주 더 마시겠나?" 잠시 후 내가 물었다.

"고맙습니다. 마시죠."

나는 부엌에서 캔맥주 네 개와 카망베르 치즈를 가지고 왔다. 우리는 맥주를 두 개씩 나누어 마시고 치즈를 먹었다.

"최근에 헛간을 태운 건 언제였나?" 내가 물었다.

"그게요." 그는 빈 맥주캔을 가볍게 쥔 채 잠깐 생각에 잠겼다. "여름, 8월 말쯤이었습니다."

"다음에는 언제 태울 건가?"

"모르겠습니다. 스케줄을 짜서 달력에 표시해놓고 기다리는 건 아니니까요. 마음이 내키면 태우러 갑니다."

"그렇지만 태우고 싶어졌을 때 태울 만한 헛간이 언제나 있는 건 아니잖은가?"

"물론 그렇습니다." 그는 조용히 말했다. "그래서 미리 태우기 적당한 걸 골라두죠."

"비축해두는 거군."

"그런 셈입니다."

"한 가지 더 물어도 될까?"

"그러시죠."

"다음에 태울 헛간도 벌써 정해졌나?"

그는 미간을 찡그렸다. 그리고 스으으 하는 소리를 내며 코로 숨을 내쉬었다. "그렇습니다. 정해졌습니다."

나는 아무 말도 하지 않고 남은 맥주를 찔끔찔끔 마셨다.

"아주 좋은 헛간입니다. 오랜만에 태우는 재미가 있을 것 같습니다. 실은 오늘도 사전답사를 온 거랍니다."

"그렇다면, 이 근처에 있는 거겠군?"

"아주 가까이에 있죠." 그는 말했다.

그걸로 헛간 얘기는 끝났다.

다섯시가 되자 그는 애인을 깨우더니, 불쑥 집에 찾아온 걸 내게 사과했다. 그는 상당한 양의 맥주를 마셨는데도 얼굴이 멀쩡했다. 그는 뒤뜰에서 스포츠카를 몰고 나왔다.

"헛간에 대해서는 주의하겠네." 헤어질 무렵 내가 말했다.

"그러십시오." 그는 말했다. "어쨌건 아주 가까운 곳이니까요."

"헛간이 뭐야?" 그녀가 물었다.

"남자들끼리의 얘기야." 그가 말했다.

"쳇." 그녀가 말했다.

그리고 두 사람은 사라졌다.

나는 응접실로 돌아와 소파에 드러누웠다. 테이블 위에는 오만가지 것들이 흐트러져 있었다. 나는 바닥에 떨어져 있던 더플코트를 머리까지 뒤집어쓰고 폭 잠들었다.

눈을 뜨자 방안은 컴컴했다. 일곱시였다.

푸르스름한 어둠과 코를 찌르는 마리화나 냄새가 방안을 뒤덮고 있었다. 묘하게 불균일한 어둠이었다. 나는 소파에 누운 채 학예회 연극 뒷부분을 떠올려보려 했지만 이제는 잘 생각이 나지 않았다. 새끼 여우는 결국 장갑을 샀던가?

나는 소파에서 일어나 창을 열어 공기를 환기시키고, 부엌에서 커피를 끓여 마셨다.

*

나는 다음날 서점에 가서 내가 살고 있는 동네의 지도를 샀다. 좁은 길까지 나와 있는 축적 2만분의 1 백지도白地圖다. 나는 그 지도를 들고 우리집 주변을 걸어다니며 헛간이 있는 지점에 연필로 ×표를 했다. 사흘에 걸쳐 사방 4킬로미터를 샅샅이 걸어다녔다. 우리집은 교외에 있어서 주변에 농가가 아직 많이 남아 있다. 따라서 헛간의 수도 제법 많다. 전부 열여섯 개의 헛간이 있었다.

그가 태우려고 하는 헛간은 아마 그중 어떤 것일 터이다. "바로 근처"라고 할 때의 그의 말투로 보아 그 이상 우리집에서 떨어진 곳은 아닐 거라고 나는 확신했다.

그리고 나는 열여섯 군데의 헛간 상태를 하나하나 꼼꼼하게 체크했다. 먼저 인가와 가깝거나 비닐하우스 옆에 있는 헛간은 제외했다. 안에 농기구며 농약 같은 것이 들어 있어서 자주 이용되는 곳도 제외했다. 그는 절대 농기구며 농약 같은 것은 태우고 싶어하지 않을 거라는 생각이 들었기 때문이다.

결국 다섯 군데의 헛간이 남았다. 다섯 개의 태울 법한 헛간이다. 혹은 다섯 개의 태워도 지장 없는 헛간이다. 십오 분 정도면 다 타버리고, 그리고 재만 남은 그 헛간을 보고 아무도 안타까워하지 않을 그런 유의 헛간이다. 그가 그 가운데 어떤 것을 태우려고 하는지는 짐작할 수 없었다. 그다음은 기호의 문제기 때문이다. 그가 그 다섯 개의 헛간 가운데 어떤 것을 선택할지 몹시 궁금했다.

나는 지도를 펴놓고 다섯 개의 헛간만 남기고 나머지들에서 ×표를 지웠다. 그리고 직각자와 곡선자와 디바이더를 준비해서 집을 나와, 그 다섯 개의 헛간을 돌고 다시 집으로 돌아오는 최단 코스를 설정했다. 강과 언덕을 따라서 길이 구불구불 굽어 있는 탓에 그 작업은 상당히 힘이 들었다. 그 결과 코스의 거리는 7.2킬로미터, 몇 번이나 측량해보았기 때문에 오차는 거의 없었을 것이다.

다음날 아침 여섯시, 나는 운동복에 조깅화를 신고 그 코스를 달려보았다. 나는 매일 아침저녁으로 6킬로미터의 코스를 달리고 있었기 때문에 1킬로미터쯤 더 늘리는 건 그리 힘들지 않다. 풍경도 나쁘지 않고, 도중에 건널목이 두 개 있지만 신호에 걸리는 일은 드물었다.

먼저 집에서 나와 근처의 대학교 운동장을 한 바퀴 돌고, 그리고 강을 따라 인적이 없는 비포장도로를 3킬로미터 달린다. 도중에 첫번째 헛간이 있다. 그리고 숲을 빠져나간다. 가벼운 오르막길이다. 또 헛간이 있다. 조금 앞에 경마용 말의 마구간이 있어서 말들이 불을 보고 조금은 놀랄지도 모른다. 그러나 그것뿐이다. 실질적인 해는 없다.

세번째 헛간과 네번째 헛간은 늙고 못생긴 쌍둥이처럼 매우 닮았다. 거리도 200미터밖에 떨어져 있지 않다. 둘 다 낡고 지저분하다. 만약 태운다면 양쪽 다 같이 태워도 좋을 것 같다.

마지막 헛간은 건널목 옆에 있었다. 약 6킬로미터 지점이다. 정말이지 완전히 버려진 헛간이다. 선로를 향해 펩시콜라의 양철 간판이 걸려 있다. 건물은—그런 것을 건물이라고 불러야 할지 자신이 없지만—거의 무너져가고 있었다. 그것은 확실히 그가 말한 대로, 누군가 태워주기를 가만히 기다리는 것처럼 보였다.

나는 마지막 헛간 앞에 잠시 멈춰 서서 몇 번 심호흡을 한 뒤 건널목을 건너 집으로 돌아왔다. 달리는 데 걸린 시간은 삼십일 분 삼십 초였다. 나는 샤워를 하고 아침을 먹었다. 그러고서 소파에 누워 레코드를 한 장 들은 뒤 일을 시작했다.

한 달 동안, 그런 식으로 나는 매일 아침 같은 코스를 달렸다. 그러나 헛간은 타지 않았다.

가끔은 그가 내가 헛간을 태우게 만드려는 건 아닐까 하는 생각도 들었다. 즉 헛간을 태운다는 이미지를 내 머릿속에 집어넣고 나서, 자전거 타이어에 공기를 넣듯이 그것을 점점 부풀려가는 것이다. 솔직히 가끔 나는 그가 태우기를 가만히 기다리느니 차라리 내가 성냥을 그어 태워버리는 편이 빠르지 않을까 생각하기도 했다. 그저 낡아빠진 헛간이었으니까.

그러나 역시 지나친 생각이다. 실질적인 문제로 나는 헛간을 태우지 않는다. 아무리 머릿속에서 헛간을 태우는 이미지가 부풀어오른다 해도 나는 실제로 헛간을 태울 만한 인물이 아니다. 헛간을 태우는 것은 내가 아니라 그다. 아마 그는 태워야 할 헛간을 변경했을 것이다. 혹은 너무 바빠서 헛간을 태울 시간이 없는지도 모른다. 그녀에게서도 전혀 연락이 없었다.

12월이 되고, 가을이 끝나고, 아침공기가 살갗을 엘 듯이 차가워졌다. 헛간은 그대로였다. 헛간 지붕에 하얀 서리가 내렸다. 얼어붙은 숲속에서 겨울새들이 푸드덕거리며 커다랗게 날갯짓을 했다. 세상은 변함없이 계속 움직였다.

*

그다음에 내가 그를 만난 것은 작년 12월 중순이었다. 크리스마스 조금 전이었다. 어디를 가나 크리스마스캐럴이 흘러나왔다. 나는 여러 사람들에게 보낼 크리스마스 선물을 사기 위해 시내로 나왔다. 노기자카 근처를 걷다가 그의 차를 발견했다. 틀림없이 그의 은색 스포츠카였다. 시나가와 차번호에, 왼쪽 헤드라이트 옆에 조그맣게 긁힌 자국이 있다. 차는 커피숍 주차장에 세워져 있었다. 그 차는 지난번에 봤을 때처럼 번쩍번쩍 멋지게 빛나지는 않았다. 기분 탓인지 그 은색은 어딘가 흐려 보였다. 하지만 그건 내 착각인지도 몰랐다. 나는 내 기억을 상황에 따라 마음대로 바꿔버리는 경향이 있다. 나는 망설이지 않고 커피숍 안으로 들어갔다.

실내는 어둡고 진한 커피 향이 떠돌았다. 사람들의 얘기 소리도 별로 들리지 않고 바로크음악이 조용히 흐르고 있었다. 그는 금방 눈에 띄었다. 창가에 혼자 앉아 카페오레를 마시고 있었다. 커피숍 안은 안경에 새하얗게 김이 서릴 정도로 훈훈한데도 그는 검은 캐시미어 코트를 입고 있었다. 머플러도 풀지 않은 채였다.

나는 잠깐 망설였지만 역시 말을 걸기로 했다. 하지만 바깥에서 그의 차를 보았다는 말만은 하지 않았다. 나는 어디까지나 우연히 이 커피숍에 들렀다가, 우연히 그의 모습을 발견한 것이다.

"앉아도 될까?" 내가 물었다.

"물론이죠. 어서 앉으세요." 그가 말했다.

그리고 우리는 가볍게 세상 돌아가는 얘기를 했다. 얘기는 그다지 생기가 없었다. 원래 별로 공통된 화제가 없는데다 그가 뭔가 다른 생각을 하고 있는 듯 보였기 때문이다. 그러나 그렇다고 해서 내가 동석한 것을 성가시게 여기는 것 같지는 않았다. 그는 튀니스의 항구 얘기를 했다. 그리고 그곳에서 잡히는 새우 얘기도 했다. 대충 건성으로 얘기하는 게 아니라, 진지하게 새우 얘기를 했다. 그러나 얘기는 도중에 끝나서 더는 이어지지 않았다.

그는 손을 들어 카페오레를 한 잔 더 주문했다.

"그런데 헛간 얘기는 어떻게 됐지?" 나는 큰맘 먹고 물어보았다.

그는 입끝을 올려 희미한 미소를 지었다. "아, 그걸 아직 기억하고 계셨군요." 그는 말했다. 그리고 주머니에서 손수건을 꺼내 입가를 닦고 다시 집어넣었다. "물론 태웠죠. 깨끗하게 태웠습니다. 약속한 대로요."

"내 집 바로 근처에서?"

"그렇습니다. 아주 근처에서."

"언제?"

"요전에 댁에 방문한 지 열흘쯤 지나서요."

나는 지도에 헛간 위치를 체크해놓고 하루에 한 번씩 그 앞을 달렸다는 얘기를 했다.

"그랬으니 못 봤을 리가 없는데." 내가 말했다.

"상당히 면밀하시군요." 그는 즐거운 듯이 말했다. "면밀하고 이론적입니다. 하지만 분명 놓치셨어요. 그런 일도 있을 수 있죠. 너무 가까워서 놓쳐버리는 거예요."

"잘 모르겠군."

그는 넥타이를 고쳐 맨 후 손목시계를 보았다. "너무 가까웠죠." 그가 말했다. "그런데 저 이만 가봐야 하는데요. 그 일에 대해서는 다음에 천천히 얘기하지 않겠습니까? 죄송하지만 누가 기다리고 있거든요."

그를 더 붙잡을 이유가 없었다. 그는 일어나서 담배와 라이터를 주머니에 넣었다.

"그런데 그후로 그녀를 만난 적 있으십니까?" 그가 물었다.

"아니, 못 만났는데. 자네는?"

"저도 못 만났습니다. 연락이 안 돼요. 아파트에도 없고, 전화도 안 받고, 팬터마임 모임에도 안 나오고요."

"어딘가로 또 훌쩍 떠난 모양이군. 지금까지도 몇 번이나 그런 적이 있었거든."

그는 양손을 주머니에 찔러넣은 채 서서 테이블 위를 지그시 바라보았다. "한 푼도 없이 한 달 반씩이나요? 생활적인 면에서, 그녀에게는 그럴 만한 능력이 없어요."

그는 코트 주머니 속에서 몇 번인가 손가락을 꺾었다.

"저도 잘 모르지만, 그녀는 정말 한 푼도 없습니다. 친구도 없어요. 주소록은 빼곡하게 차 있지만 그건 그냥 이름일 뿐입니다. 그녀에게는 기댈 만한 친구가 없습니다. 아니, 그렇지만 당신만은 정말 신뢰하더군요. 빈말이 아니라. 당신은 그녀에게 특별한 존재였다고 봅니다. 저도 조금 질투했을 정도니까요. 정말입니다. 저는 지금껏 질투란 걸 거의 해본 적 없는 인간이지만요." 그는 가볍게 한숨을 쉬었다. 그리고 한 번 더 시계를 보았다. "이제 가보겠습니다. 언제 다시 뵙죠."

나는 고개를 끄덕였다. 그러나 말이 잘 나오지 않았다. 언제나 그렇다. 이 남자를 앞에 두면 말이 제대로 나오지 않는 것이다.

나는 그후 몇 번이나 그녀에게 전화를 걸어보았지만 전화는 요금미납으로 정지되어 있었다. 걱정이 되어 그녀의 아파트까지

가보았다. 그녀의 집은 잠겨 있었다. 우편함에는 광고 우편물이 다발로 꽂혀 있었다. 관리인도 보이지 않아서 그녀가 아직 그곳에 살고 있는지조차 알 수 없었다. 나는 수첩을 한 장 찢어 '연락 바람'이라고 메모하고 이름을 써서 우편함에 넣어두었다. 그러나 연락은 없었다.

그다음에 내가 그 아파트를 찾았을 때는 문에 다른 주인의 문패가 걸려 있었다. 노크를 해보았지만 아무도 나오지 않았다. 여전히 관리인은 보이지 않았다.

그래서 나는 포기했다. 근 일 년 전의 얘기다.

그녀는 사라져버렸다.

*

나는 아직도 매일 아침 다섯 개의 헛간 앞을 달린다. 우리집 근처의 헛간은 여전히 한 곳도 불타지 않았다. 어딘가에서 헛간이 탔다는 얘기도 들리지 않는다. 또 12월이 오고, 겨울새가 머리 위를 지나간다. 그리고 나는 나이를 먹어간다.

밤의 어둠 속에서, 이따금 나는 불에 타 허물어지는 헛간을 생각한다.

장님 버드나무와 잠자는 여자

등을 쭉 펴고 눈을 감자 바람 냄새가 났다. 과실처럼 풍요로움을 머금은 바람이었다. 거기에는 까칠한 껍질이 있고, 과육의 끈적거림이 있고, 씨앗의 도톨거림이 있었다. 과육이 공중에서 터지자 씨앗은 부드러운 산탄이 되어 내 맨팔에 박혔다. 그리고 그뒤에는 미미한 통증이 남았다.

바람을 그렇게 느낀 것은 오랜만이었다. 오래 도쿄에 있는 동안, 나는 5월의 바람이 갖는 묘한 싱그러움을 완전히 잊고 있었다. 사람들은 일종의 통증 같은 감각조차 잊어버리게 된다. 피부에 박힌 뭔가가 뼈에 스미는 그 차가움조차, 모두 잊어버린다.

나는 그런 바람에 대해—이 경사지를 휩쓸고 가는 풍만한 초여름 바람에 대해—사촌동생에게 설명할까 하다가 이내 포기했다. 그애는 아직 열네 살로, 이 지역을 떠난 적이 한 번도 없었다. 잃어버린 경험이 없는 인간에게 잃어버린 것을 설명하는 것은 불가능하다. 나는 기지개를 켜며 고개를 빙글빙글 돌렸다. 어젯밤 늦게까지 혼자 위스키를 마신 탓에 머리 심지에 희미한 응어리 같은 것이 남아 있었다.

"형, 지금 몇시야?" 사촌동생이 내게 물었다. 나와 사촌동생은 20센티미터 가까이 키 차이가 나서, 그는 언제나 내 얼굴을 올려다보며 얘기했다.

나는 손목시계를 보고 "열시 이십분"이라고 대답했다.

사촌동생은 내 왼팔을 잡아 자기 얼굴 앞으로 끌어당기더니 직접 시계의 문자판을 확인했다. 디지털 문자를 거꾸로 읽느라 시간이 걸렸다. 그애가 팔을 놓자 나도 약간 걱정이 되어 한 번 더 시계를 보았지만, 역시 열시 이십분이었다.

"시계, 맞아?" 사촌동생이 물었다.

"맞아." 나는 대답했다.

그애는 또 내 손목을 끌어당겨 시계를 보았다. 사촌동생의 손가락은 매끄럽고, 보기보다 훨씬 힘이 셌다.

"형, 이거 비싸?" 그애가 물었다.

"비싸지 않아. 싸구려야." 내가 대답했다.

대꾸가 없었다. 사촌동생 쪽을 보니 그애는 입을 헤벌리고 멍하니 내 얼굴을 올려다보고 있었다. 입술 사이로 엿보이는 하얀 이가 퇴행한 뼈처럼 보였다.

"싸구려야." 나는 사촌동생의 왼쪽 귀를 향해 한 번 더 말했다. "하지만 싸구려치곤 정확해."

사촌동생은 "응" 하고 고개를 끄덕거리곤 입술을 다물었다. 나는 주머니에서 담배를 꺼내 라이터로 불을 붙였다. 사촌동생은 오른쪽 귀가 좋지 않다. 초등학교에 들어갈 무렵 공에 심하게 맞았는데, 그후로 귀가 들리지 않게 되어버렸다. 아예 들리지 않는 건 아니고 어슴푸레하게는 들린다. 또 비교적 잘 들리는 시기와 그렇지 않은 시기가 있다. 그리고 아주 드물게 양쪽 다 전혀 안 들릴 때도 있다. 그애의 어머니, 즉 내 고모의 말로는 신경성 같은 것이라고 한다. 요컨대 양쪽 귀의 신경이 균등하게 작용하다가도 때때로 오른쪽의 침묵이 왼쪽 소리를 뭉개버리는 것이다. 그리고 침묵이 기름처럼 오감을 뒤덮는다.

이따금 나는 그애의 난청 자체가 외상 탓이라기보다는 신경성인 것이 아닐까 생각할 때가 있다. 그러나 물론 자세한 것은 모른다. 그애가 팔 년간 다닌 병원의 의사들조차 모른다.

"시계는 비싸다고 정확한 게 아니구나." 사촌동생이 말했다. "내가 늘 차고 다니던 것도 아주 비싼 거였는데 언제나 안 맞았어. 결국은 잃어버렸지만."

"그랬구나." 내가 말한다.

"시곗줄의 버클이 헐거워져서 말이야. 나도 모르는 사이에 떨어졌나봐. 문득 보니까 손목에 없는 거야."

그애는 왼손 손목을 공중으로 슥 들어올렸다.

"사준 지 일 년도 안 됐는데 잃어버렸다고 다시 안 사주지 뭐야. 그후로 계속 시계 없이 지내고 있어."

"시계가 없으니까 불편하지?" 나는 입술 끝으로 담배를 문 채 물었다.

"응?" 사촌동생이 되물었다.

"불편하지 않냐고." 나는 담배를 손에 들고 다시 말했다.

"그렇지도 않아." 사촌동생이 말했다. "별로 불편할 건 없어. 그야 물론 불편할 때가 전혀 없는 건 아니지만, 산속에 살고 있는 것도 아니고 누군가에게 물으면 되는걸. 그리고 무엇보다 잃어버린 쪽이 잘못한 거야. 그렇지?"

"그렇겠지." 나는 웃으며 말했다.

"지금 몇 분이야?" 사촌동생이 물었다.

"이십육분." 내가 대답했다.

"버스는 몇 분에 와?"

"삼십일분." 나는 대답했다.

그애는 한동안 말이 없었다. 그사이 나는 담배를 마저 피웠다.

"시간도 안 맞는 시계를 갖고 다닌다는 건 꽤 피곤한 일이야. 차라리 없는 편이 낫다고 생각한 적도 있어." 사촌동생이 말했다. "그렇지만 물론 일부러 잃어버린 건 아냐."

"응." 나는 말했다.

사촌동생은 또 침묵했다.

그애에게 좀더 친절하게 이런저런 말을 걸어줘야 한다는 건 나도 잘 알고 있었다. 그러나 대체 무슨 얘길 해야 좋을지 몰랐다. 나는 그애를 삼 년 동안 한 번도 만나지 못했다. 그 삼 년 동안 그애는 열한 살에서 열네 살이 되었고, 나는 스물두 살에서 스물다섯 살이 되었다. 그리고 그 삼 년 동안 내 주변에 일어난 일들을 하나하나 떠올려보면, 내가 이 소년에게 해줄 수 있는 얘기는 아무것도 없는 것 같았다. 뭔가 필요한 말을 해주려고 해도 말이 순간 제대로 나오지 않았다. 그리고 내가 말문이 막힐 때마다, 소년은 슬픈 얼굴로 나를 올려다보았다. 그의 왼쪽 귀는 언제나 내 쪽으로 약간 기울어 있었다. 사촌동생의 그런 얼굴을 보고 있으면, 나까지 어쩔 줄 모르는 심정이 된다.

"지금 몇 분이야?" 사촌동생이 물었다.

"이십구분." 나는 대답했다.

버스가 온 것은 열시 삼십이분이었다.

내가 이 노선 버스를 타고 고등학교를 다니던 시절에 비하면 버스 모양은 많이 달라져 있었다. 운전석의 창문이 이상할 정도로 커서 마치 날개가 잘린 대형 폭격기 같아 보인다. 나는 노파심에 버스 번호와 행선지 표시를 확인해보았다. 괜찮다, 틀림없다. 치익 하는 숨을 토하며 버스가 서자, 뒤쪽의 자동문이 열렸다. 나와 사촌동생은 앞쪽 문이 열릴 거라고 믿고 있었기 때문에 당황하며 뒤로 돌아가 발판에 올라섰다. 칠 년이란 세월 동안 정말 여러 가지가 바뀌어버렸다.

버스 안은 생각보다 붐볐다. 서 있는 손님은 없었지만 우리 두 사람이 나란히 앉을 자리도 없었다. 그래서 우리는 그냥 서 있기로 했다. 서서 간다고 지칠 정도의 거리는 아니다. 그러나 이 시간대의 이 노선 버스에, 이렇게 많은 승객들이 탄 것은 처음 보았다. 전철역에서 출발해 그 지역을 한 바퀴 돌고 다시 같은 역으로 돌아오는 게 전부이고, 딱히 노선에 특이한 구석이 있는 것도 아니다. 아침저녁의 러시아워만 지나면 그다음에는 고작해야 승객 두세 명 정도다.

하긴 그런 것도 다 내가 고등학생이었을 때의 얘기다. 분명 어떤 이유로 교통 사정이 달라진 것일 터이다. 그래서 아침 열한시에도 버스가 빽빽하게 만원이 되는 것이다. 어쨌든 나하고는 이제 상관없는 얘기지만.

나와 사촌동생은 버스 제일 뒤쪽에 각자 손잡이와 기둥을 잡고 서 있었다. 버스 내부는 마치 금방 출고된 차처럼 깨끗했다. 금속 손잡이 부분에 얼룩 하나 없고, 좌석에 보푸라기도 없고, 새 기계 특유의 냄새가 또렷하게 주위를 떠돌았다. 나는 차 안을 대충 둘러본 뒤 벽에 즐비한 광고를 바라보았다. 죄다 예식장, 중고차 센터, 가구점 같은 지방업체 광고였다. 예식장 광고만 다섯 개나 된다. 그 외에 결혼상담소며 의상 대여점 광고가 하나씩 있었다.

　사촌동생은 또 내 왼손을 잡고 손목시계의 시간을 확인했다. 어째서 그애가 그렇게 시간에만 신경을 쓰는지 나는 도무지 이해할 수 없었다. 서두를 이유가 아무것도 없었기 때문이다. 병원 예약시간은 열한시 십오분이니까, 이대로 가면 삼십 분 정도 시간이 남는다. 가능하다면 시간을 더 빨리 돌리고 싶을 정도다.

　그래도 나는 시계의 문자판을 사촌동생의 얼굴로 향해서 마음껏 보도록 해주었다. 그리고 팔을 내리고 운전석 뒤에 붙어 있는 요금표를 보며 잔돈을 준비했다.

　"140엔이네." 사촌동생이 확인했다. "병원 앞까지 맞지?"

　"맞아." 내가 대답했다.

　"잔돈 있어?" 그가 걱정스럽게 물었다.

　나는 들고 있던 동전을 사촌동생의 손바닥에 한 개 한 개 건네

주었다. 사촌동생은 100엔짜리 동전과 50엔짜리 동전과 10엔짜리 동전을 조심스레 골라가며 계산했다. 그리고 딱 280엔이 있는 것을 확인했다. "280엔이야." 그가 말했다.

"가지고 있어." 내가 말했다. 그는 고개를 끄덕이며 왼손에 잔돈을 꼭 쥐었다. 나는 다시 한동안 창밖 풍경을 내다보았다. 하나하나가 낯익은 그리운 풍경들이었다. 곳곳에 새로 생긴 맨션이며 단독주택 단지며 레스토랑 같은 것들이 있기는 했지만, 전체적으로 거리의 풍경 변화는 예상했던 것보다 훨씬 온화했다. 사촌동생도 나와 마찬가지로 바깥 풍경을 바라보고 있었지만, 그의 시선은 마치 서치라이트처럼 여기저기를 불안하게 왔다갔다했다.

버스가 정류장을 세 곳이나 서지 않고 지나쳤을 즈음에야, 나는 문득 차 안에 어딘지 이상한 기척이 떠돌고 있다는 것을 깨달았다. 제일 먼저 의식에 걸려든 것은 이야기 소리였다. 목소리의 톤이 묘하게도 일정했다. 그렇게 많은 승객들이 일제히 떠들고 있는 것도 아니고 특별히 큰 소리를 내는 것도 아닌데, 모두의 목소리가 한곳에, 마치 공기덩어리처럼 뭉쳤다. 그리고 그 소리가 청각의 일부를 부자연스럽게 자극하는 것이다.

나는 오른손으로 손잡이를 붙잡고 몸을 비틀어서 자연스럽게 승객들의 모습을 둘러보았다. 우리 위치에서는 거의 승객들의 뒤통수밖에 볼 수 없었으나, 언뜻 보아서 특별히 다른 점은 없었다. 지극히 평범한 만원 버스의 광경과 같았다. 반짝거리는 새 차인 만큼 사람들의 모습이 어딘지 모르게 획일적으로 보이는 것 같기도 했지만, 그것은 아마 기분 탓이었을 것이다.

내 주변에는 일고여덟 명의 노인이 모여앉아 작은 소리로 제각기 무슨 얘기를 나누고 있었다. 그중 두 사람이 여자였다. 무슨 얘기를 하는지는 똑똑히 들리지 않았지만, 나직하고 친밀한 어조로 자신들만 아는 사소한 화제에 대해 얘기한다는 것쯤은 알 수 있었다. 그들의 나이는 육십대에서 칠십대 중반쯤으로 각자 비닐 숄더백 같은 것을 무릎 위에 올려놓거나 어깨에 메고 있었다. 작은 배낭을 들고 있는 사람도 있었다. 아마도 등산을 가는 것 같다. 자세히 보니 모두 가슴에 파랗고 조그만 리본을 핀으로 달고 있다. 그리고 전원이 활동하기 편한 옷을 입고 운동화를 신고 있다. 운동화는 얼핏 보기에 꽤 낡은 것 같았다. 노인들이 그런 차림을 하면 보통 어색한 느낌을 받지만, 그들의 경우에는 참으로 잘 어울렸다.

이상한 것은 내가 기억하는 한 이 버스의 노선은 등산 코스 같은 곳을 일절 통과하지 않는다는 점이었다. 버스는 가파른 산의 언덕길을 올라가서 길게 이어지는 주택가를 빠져나와, 우리 학교 앞을 지나고, 병원 앞을 지나고, 산 위를 빙 돌아 아래로 내려

온다. 아무데도 가지 않는다. 버스가 가는 가장 높은 지대는 주택단지가 있는 곳이고 거기가 종점이다. 그들이 대체 어디로 가려는지 짐작할 수 없었다.

가장 그럼직한 것은 노인들이 버스를 잘못 탔을 가능성이다. 그들이 대체 어디서부터 탔는지 모르니 뭐라고 말할 순 없지만, 이 부근에서 케이블카 역까지 가는 버스가 여러 대 있기 때문에 그것과 착각해서 탔을 가능성도 전혀 없지는 않았다.

또하나의 가능성은 버스 노선이 내가 모르는 사이에 완전히 바뀌어버렸을 수도 있다는 것이었다. 이것도 불가능한 일은 아니었다. 아니, 이쪽이 훨씬 확률이 높을 것 같았다. 어쨌든 나는 칠 년이나 이 버스를 타지 않았고, 노인들이 그렇게 부주의하게 버스를 잘못 탈 것 같지도 않았기 때문이다. 그렇게 생각하자 갑자기 불안해졌다. 창밖의 풍경도 옛날과 전혀 다른 것 같았다.

사촌동생은 그동안 줄곧 내 모습을 살피고 있었다.

"잠깐 여기서 기다려." 나는 그애의 왼쪽 귀에 대고 말했다. "곧 돌아올게."

"무슨 일 있어?" 그애가 불안스레 물었다.

"아냐. 정류장을 잠깐 보고 오려는 거야."

나는 통로를 빠져나가 운전석 뒷자리에 가서 표지판에 명시된 복잡한 노선도를 살펴보았다. 나는 먼저 '28'이라는 버스 번호부터 확인하고, 우리가 버스를 탔던 전철역 앞 정류장을 찾아 그곳에서부터 노선을 따라 정류장을 하나하나 더듬어갔다. 어느 정류장의 이름이고 낯이 익었다. 옛날과 같은 노선이었다. 내가 다녔던 고등학교 이름이 있고, 병원이 있고, 단지가 있고, 버스는 그곳에서 방향을 바꾸어 올라갈 때와 다른 언덕길을 내려가, 갈 때와 같은 노선으로 되돌아온다. 틀림없다. 틀렸다면 그들이 틀린 것이다. 나는 안도하며 뒤로 돌아서서 사촌동생에게 돌아가려고 했다.

그때, 비로소 나는 버스 안을 지배하고 있는 기묘한 분위기의 원인을 이해할 수 있었다. 나와 사촌동생을 제외하면 한 사람도 예외 없이, 마치 전세버스처럼 버스의 승객 전원이 노인들이었다. 그들은 모두 가방을 안고 가슴에는 파란 리본을 달고 있었다. 그리고 몇 명씩 무리 지어서 저마다 무슨 얘긴가를 나누고 있었다. 나는 기둥을 잡은 채 한동안 망연히 그들의 모습을 바라보았다. 노인들은 전부 마흔 명 가까이 될 것이다. 그들은 모두 안색이 좋고 허리가 꼿꼿하고 건강해 보였다. 뭔가 특별히 이상한 것은 없었지만, 어딘지 비현실적이고 낯선 광경이었다. 아마 내가 그때까지 노인들에게 둘러싸인 경험이 없었던 탓일 것이다. 그렇게밖에 생각할 수 없었다.

나는 통로를 걸어갔다. 자리에 앉은 노인들은 자신들만의 애기에 정신이 팔려 내 존재에 대해서는 누구 하나 주의를 기울이지 않았다. 나와 사촌동생이 차 안의 유일한 이단자라는 건 별 상관 없다고 생각하는 것 같았다. 혹은 그런 것을 전혀 알아채지 못한 듯했다.

통로를 사이에 두고 앉은 원피스 차림의 자그마한 두 할머니가 양다리를 들어 통로 쪽을 향해 옆으로 내놓고 있었다. 두 사람 다 아주 작은 사이즈의 테니스화를 신고 있었다. 그녀들은 곧게 뻗은 양다리를 가끔씩 마치 파도처럼 아래위로 천천히 흔들었다. 무엇 때문에 두 사람이 그런 짓을 하는지 잘 알 수 없었다. 두 사람은 별 의미 없이 놀고 있는지도 몰랐다. 혹은 산에 올라가기 위한 준비운동을 하고 있는지도 몰랐다. 나는 통로로 튀어나와 있는 두 쌍의 테니스화를 피하며, 사촌동생이 있는 제일 뒷자리로 돌아왔다.

내가 돌아오자 사촌동생은 무척 안심한 표정이었다. 그는 오른손으로 손잡이를 잡고 왼손에 동전을 쥔 채, 내가 돌아오기만을 기다리고 있었다. 노인들이 가물거리는 그림자처럼 그애의 주변을 둘러싸고 있었다. 그러나 그들 눈으로 보면 그림자처럼 보이는 것은 우리 쪽인지도 몰랐다. 문득 그런 생각이 들었다. 그들에게 정말 살아 있는 것은 그들 자신이고, 우리는 환영 같은 것이다.

"이 버스 잘못 탄 거 아니었어?" 사촌동생이 불안하게 물었다.

"물론 아니지." 나는 별일 아니란 듯이 대답했다. "고등학교 때 매일 이 버스 타고 다녔는걸. 잘못 탈 리가 있냐."

그 말을 듣고 사촌동생은 무척 마음이 놓인 듯했다.

나는 그 이상 입을 열지 않고 손잡이에 체중을 실은 채 잠시 노인 단체를 바라보았다. 그들은 모두 보기 좋게 햇빛에 그을려 있었다. 목덜미까지 검다. 그리고 한 사람의 예외도 없이 말랐다. 뚱뚱한 노인은 한 명도 섞여 있지 않았다. 남자들은 대부분 등산용 플란넬 셔츠를 입었고, 여자들은 특별한 장식이 없는 단조로운 원피스를 입었다.

그들이 대체 어떤 종류의 단체에 속해 있는지 나는 도무지 짐작할 수가 없었다. 하이킹이나 피크닉 클럽일 수도 있지만, 그러기에는 노인들 한 사람 한 사람의 분위기가 너무 비슷했다. 마치 항목별로 정리해놓은 어떤 샘플 서랍을 하나 빼서 그대로 가져온 듯한 느낌이었다. 그들은 얼굴 생김새도 몸집도 말투도 복장도, 모든 것이 비슷했다. 그렇다고 인상이 흐릿한 것도 아니고, 한 사람 한 사람에게 특징이며 개성이 없는 것도 아니다. 노인들은 제각기 확실한 존재감이 있었다. 그들은 저마다 건강하고, 혈색이 좋고, 햇빛에 그을려 있었다. 그리고 제각기 청결하고 옷매무시도 단정했다. 그래서 한데 묶어 구별이 안 되는 건 아니다.

단지 그들 사이에는 뭔지 모를 공통된 톤 같은 것이 있었다. 사회적 지위라든가 사고방식이라든가 행동 패턴이라든가 성장 환경이라든가, 그런 여러 가지 것들이 혼연일체가 된 톤이다. 그 톤은 어렴풋한 귀울음처럼 버스 안을 지배하고 있었다. 결코 불쾌한 소리는 아니었지만, 역시 기묘한 것이었다.

무엇보다 그들이 이 버스를 타고 어디로 가려는지를 알 수 없었다. 나는 비교적 가까이 있는 노인에게 어디로 가는지 물어볼까 했지만, 왠지 쓸데없이 캐묻는 것 같은 생각이 들어서 관뒀다. 아무리 노인이라고는 하지만 어엿한 단체고, 버스를 잘못 탔으리라고는 도저히 생각할 수 없었다. 게다가 만약 잘못 탔다 하더라도 이 버스는 순환노선이어서 한 바퀴 돌면 다시 원래의 장소로 돌아간다. 어쨌든 참견은 안 하는 게 좋을 것 같았다.

"이번 치료는 아플까?" 사촌동생이 걱정스럽게 내게 물었다.

"글쎄." 나는 말했다.

"귀 치료 하러 다닌 적 있어?" 사촌동생이 물었다.

나는 잠깐 기억을 더듬어보았지만 귀 치료 하러 다닌 기억은 없었다. 동네의 웬만한 병원들은 다 다녀봤는데 귀 때문에만은 가본 적이 없다. 그래서 거기서 어떤 치료를 하는지 짐작도 할 수 없었다.

"지금까지 다녔던 곳은 아팠어?" 내가 물었다.

"그렇지도 않아." 사촌동생이 대답했다. "물론 아플 때도 있어. 이것저것 다 쩔러넣어보고 세척도 하거든. 가끔이긴 하지만."

"그럼 이번에도 비슷하겠지. 어머니 말씀으로는 지금까지와 치료법이 별로 다르지도 않은 것 같던데."

사촌동생은 한숨을 쉬며 내 얼굴을 올려다보았다. "지금까지 했던 대로 해봐야 낫지도 않을 거야, 그렇지?"

"그건 모르는 거야." 나는 말했다. "어느 순간 나을 수도 있으니까."

"뚜껑이 뻥 하고 열리듯이?" 사촌동생이 물었다. 나는 그애의 얼굴을 흘긋 보았지만 특별히 내 말을 비꼬는 것 같지는 않았다.

"상대하는 사람이 달라지면 기분도 바뀌고, 아주 사소한 작업의 차이가 큰 의미를 갖는 일도 있잖아. 그러니까 쉽게 포기할 건 아냐." 내가 말했다.

"포기하는 건 아니지만." 사촌동생이 말했다.

"진절머리나?"

"그렇지, 뭐." 사촌동생이 말했다. "게다가 무서워, 사실은. 아픈 게 싫어. 진짜 아픔보다 아픈 걸 상상하는 게 더 고통스러워. 그런 거 이해가 가?"

"그럼, 이해하지." 나는 말했다. "그게 보통 인간인걸."

그는 오른손으로 손잡이를 잡은 채 왼손 손가락의 손톱을 물어뜯었다. "내가 말하고 싶은 건 이런 거야. 그러니까, 나 아닌 누군가가 아픔을 느끼고 있는 걸 옆에서 내가 보고 있잖아. 그럴 때 나는 타인의 아픔을 상상하는 것만으로 고통스러워. 그렇지만 그렇게 상상하는 통증이란 건 정말로 그 누군가가 경험하는 통증과는 또다른 걸 거야. 잘 표현할 수는 없지만."

나는 사촌동생을 향해 몇 번 고개를 끄덕였다.

"그래, 아픔이라는 것은 가장 개인적인 차원의 것이니까."

"지금까지 가장 아팠던 게 언제였어?"

"나?" 나는 약간은 놀라서 되물었다. 누군가에게서 그런 질문을 받으리라고는 한 번도 생각해본 적이 없었다. 아픔?

"육체적인 아픔을 말하는 거야?"

"응." 사촌동생은 말했다. "견딜 수 없이 아팠던 적 있었어?"

나는 양손으로 손잡이를 잡은 채, 멍하니 창밖 풍경을 내다보면서 그에 대해 생각해보았다.

아픔?

한참 동안 생각한 끝에, 나는 내 안에 아픔에 관한 기억이 거의 남아 있지 않다는 것을 깨달았다. 물론 아팠던 기억은 몇 가지 있다. 자전거를 타다 넘어져서 이가 부러진 일도 있고, 손바닥이 뚫릴 만큼 세게 개한테 물린 적도 있다. 그러나 아픔의 실체에 대해서는 아무것도 정확하게 떠올릴 수 없었다. 나는 왼쪽 손바닥을 펴고 개에게 물렸던 자국을 찾아보았지만 흉터는 흔적도 없이 사라지고 없었다. 그 흉터가 어디에 있었는지조차 제대로 기억해낼 수 없다. 시간이 지나면 많은 것들이, 정말로 감쪽같이 사라지는 것이다.

"생각나지 않아." 나는 말했다.

"하지만 아팠던 기억은 많지?"

"그럼." 나는 대답했다. "오래 살면 아픈 일도 그만큼 있지."

사촌동생은 약간 어깨를 으쓱해 보이더니 또 생각에 잠겼다. "나이 같은 거 먹기 싫어." 그애가 말했다. "앞으로 몇 번씩이고 여러 종류의 아픔을 겪어야 한다고 생각하면 말이야." 그는 왼쪽 귀를 조금 내 쪽으로 기울이고 얘기했다. 그동안 눈은 비스듬히 손잡이 맞은편을 노려보고 있어서, 꼭 맹인 같아 보였다.

그해 봄, 이런저런 진절머리나는 일들이 연달아 일어나서 나는 그때까지 이 년간 다니던 회사를 그만두었다. 그리고 도쿄를 떠나 집으로 돌아왔다. 볼일을 마치면 곧 도쿄로 돌아가 새로운 일을 시작할 생각이었지만, 집에서 태평스럽게 정원의 풀도 뜯고 담장도 고치고 하는 사이에 갑자기 만사가 싫어져서, 도쿄로 돌아가는 것을 하루이틀 늦추고 있었다. 고향 마을 자체에는 더 아무런 매력도 없었다. 항구에 나가 배를 바라보며 바닷바람을 가슴에 들이마시고 옛날에 다니던 가게들을 한 바퀴 돌고 나면, 그다음부터는 할 일이 없어진다. 옛날 친구들은 한 사람도 남아 있지 않았고, 거리는 이미 옛날만큼 매력적이지도 자극적이지도 않았다. 마을이 내 앞에 내미는 다양한 스타일은 어느 것이고 할 것 없이 겉만 번지르르한, 종이로 만든 공작품 같았다. 요컨대 내가 나이를 먹었다는 것이겠지만 물론 그것만은 아니었다. 그것만은 아니기 때문에 나는 도쿄에 돌아가지 않고, 혼자서 하루 종일 정원의 잡초를 뽑거나, 툇마루에서 뒹굴며 옛날 책들을 읽거나, 토스터를 수리하면서 하루하루를 멍하니 보내고 있었다.

내가 그렇게 지내고 있자 고모가 우리집에 찾아와서, 사촌동생이 새로운 병원에 다니게 되었는데 처음 몇 번만 데리고 다녀주지 않겠느냐고 부탁했다. 병원은 내가 다니던 고등학교 근처에 있어서 지리도 잘 알고 있었고, 어차피 한가했기 때문에 내쪽에서야 이의가 없었다. 고모는 내게 식사라도 하라며 생각한 것보다 많은 액수의 용돈을 주었다. 아마 내가 실직해서 돈이 궁할 거라고 생각했던 모양이다. 어쨌거나 있어서 나쁠 것은 없으니까 나는 고맙게 받아두었다.

사촌동생이 새 병원으로 옮기게 된 것은 간단히 말해 그때까지 다니던 병원에서의 치료가 전혀 효과가 없었기 때문이었다. 효과가 없을 뿐 아니라 난청 사이클 폭이 예전보다 심해졌다. 그 때문에 고모가 의사에게 불평을 하자 의사는 환자의 가정환경에 문제가 있는 게 아니냐는 의미의 말을 해서 결국 싸움이 난 것이다.

새 병원으로 옮겼다고 사촌동생의 귀가 곧 좋아지리라고는 아무도 기대하지 않았다. 주변 사람들은 모두 그의 귀에 관해—물론 입 밖에 내지는 않았지만—완전히 포기하고 있는 듯했다. 사촌동생에게는 어딘지 모르게 그런 분위기가 있었다.

나와 사촌동생은 옛날부터 특별히 친했던 것은 아니었다. 서로의 집은 가까웠지만, 나이차가 많이 났던 탓에 별다른 왕래가 없었다. 그런데 어느 틈엔가 다들 사촌동생과 나를 한 쌍으로 생각하게 되었다. 즉 사촌동생이 나를 잘 따르고 나도 사촌동생을 귀여워하는 줄 알게 된 것이다. 어째서 그렇게 생각하는지 도통 그 이유를 알 수가 없었다. 나와 사촌동생 사이에 그만한 공통점이라고는 없는 것 같았기 때문이다.

그러나 지금 이렇게 고개를 갸웃하며 왼쪽 귀를 내 쪽으로 향하고 있는 그애의 모습을 보고 있노라니 왠지 묘한 감동이 일었다. 아주 옛날에 들었던 빗소리처럼, 그애의 어색하게 과장된 일거수일투족이 내 몸에 익숙하게 스며들었다. 친척들이 왜 나와 그를 묶어서 생각하려 하는지 알 것 같기도 했다.

"형, 도쿄에 언제 가?" 사촌동생이 물었다.

나는 뭉친 근육을 풀듯이 가볍게 고개를 저었다. "글쎄, 언제

가게 될까?"

"급하진 않지?"

"급하지 않지." 내가 말했다.

"회사 그만뒀어?"

"그만뒀어."

"왜?"

"재미없어서." 나는 말하면서 웃었다.

사촌동생도 잠시 망설이더니 따라 웃었다. 그리고 손잡이를 다른 손으로 바꿔 잡았다.

"돈이 없어서 힘들지 않아? 회사 그만두면?"

"뭐 언젠가는 힘들어지겠지만, 당분간은 괜찮아. 저금도 있고, 회사 그만둘 때 약간의 퇴직금도 받았고. 한동안은 힘들지 않을 거야. 힘들어지면 다시 일하겠지만, 그때까지는 여유롭게 쉬고 싶어."

"좋겠다."

"좋아."

웅성거리는 차 안에서의 대화는 계속 이어졌다. 버스는 어느 정류장에서도 서지 않았다. 운전사는 정류장에 가까워질 때마다 정류장 이름을 말했지만 아무도 정지 버튼을 누르지 않았다. 정류장 이름에 대해서도 누구 하나 관심을 나타내지 않는다. 새로 타는 승객도 없었다. 버스는 신호가 없는 완만한 언덕길을 끝없이 올라갔다. 길은 넓고 순탄해서, 구불거리긴 했지만 흔들림도 진동도 거의 없었다. 버스가 방향을 바꿀 때마다 초여름 바람이 버스 안으로 불어들었다. 노인들은 자신들만의 대화에 빠져서 바깥 풍경에는 눈도 주지 않았다. 바람이 그들의 머리칼이며 모자챙이며 스카프를 흔들어도 노인들은 전혀 신경도 쓰지 않았다. 아무런 의심 없이 버스에 몸을 맡기고 있는 듯했다.

버스가 일곱번째인가 여덟번째 정류장을 지날 즈음에 사촌동생이 불안한 표정을 지었다.

"아직도 멀었어?"

"응, 좀 남았어." 나는 말했다. 창밖 풍경이 낯익어서 불안하지는 않았지만, 버스는 내가 기억하는 것보다 훨씬 빠른 속도로 달리고 있었다. 최신형 대형 버스는 교활한 동물처럼 아스팔트 도로에 착 달라붙어 불투명한 소리를 내면서 언덕길을 올라갔다.

사촌동생이 또 내 시계를 보았다. 사촌동생이 보고 나자 나도 시계를 보았다. 역시 사십분이었다. 마을에는 고요가 감돌고 차도 사람도 거의 보이지 않았다. 통근 러시아워가 끝나고 주부들이 장을 보러 가기 전, 평화로운 주택가의 한때였다. 그 사이를 버스는 거의 논스톱으로 지나갔다.

"형, 우리 아빠 회사에서 일할 거야?" 사촌동생이 물었다.

"아니." 말하고 나는 머릿속을 정리했다. "아니, 그럴 생각 없어. 왜?"

"그냥 그러지 않나 싶어서." 사촌동생은 말했다.

"누가 그런 말을 했어?"

사촌동생은 고개를 저었다. "그렇지만 일했으면 좋겠어. 계속 여기 있을 거라면. 사람도 부족하다던데. 모두 기뻐할 거야."

운전기사가 정류장 이름을 외쳤지만 아무도 반응하지 않았다. 버스는 속도를 늦추지 않고 지나갔다. 나는 손잡이에 기댄 채 정겨운 마을 풍경을 잠시 바라보았다. 위장 안의 공기가 뭉친 듯 묵직한 느낌이 들었다.

"별로 나한테는 맞지 않아." 나는 말했다. 멍하니 바깥을 보고 있던 사촌동생은 황급히 왼쪽 귀를 내게로 향했다.

"일이 내 적성에 맞지 않는다고." 나는 되풀이했다. 그렇게 말하고, 그 말에 사촌동생이 약간 상처를 입은 낌새를 느꼈다. 그러나 하는 수 없다. 거짓말을 할 수는 없다. 내가 대충 말했다가 다른 형태로 고모부의 귀에 들어간다면, 그건 그것대로 골치 아파질 테니까.

"재미없어?" 사촌동생이 물었다.

"재미없는지 어떤지는 모르겠어. 그렇지만 내겐 하고 싶은 게 따로 있거든."

"응." 그는 말했다. 조금은 납득한 듯했다. 내가 뭘 하고 싶은 가에 대해서는 더 묻지 않았다. 나도 사촌동생도 계속 입을 다물고 바깥 풍경만 바라보았다.

언덕배기를 올라갈수록 집 같아 보이는 것들은 점점 드물어지고, 울창한 거목의 가지들이 길가에 짙은 그림자를 드리운다. 담이 낮고 정원이 넓은, 페인트칠한 외국인 주택도 눈에 띈다. 바람이 약간 서늘하다. 돌아보면 눈 아래로 바다가 보였다 안 보였다 한다. 나와 사촌동생은 그런 풍경을 눈으로 좇았다.

우리가 병원 앞에 도착해 버스에서 내릴 때까지 노인들은 웅성거리며 얘기를 나누고 있었다. 몇 명인가는 소리 내어 웃기도 했다. 그중 재미있는 말을 하는 노인이 한 명 있는 듯 그 주변에서 계속 웃음이 터졌다. 나는 손잡이 옆의 정지 버튼을 누르고 버스가 서자 사촌동생에게 알려주고 출구로 향했다. 몇 명의 노인이 우리 쪽을 흘긋 보았지만, 대부분은 우리가 버스에서 내리거나 말거나 무관심했다. 우리가 내려서자 공기압축 장치 소리와 함께 뒤에서 문이 닫혔다. 그리고 노인들을 가득 태운 버스는 언덕길을 올라가, 커다랗게 모퉁이를 돌며 사라져갔다. 노인들이 대체 어디로 가는 것인지 끝내 알아내지 못한 채 내려버렸다.

내가 버스의 뒷모습을 멍하니 지켜보는 동안 사촌동생도 나와 똑같은 자세로 서 있었다. 그의 왼쪽 귀는 내가 언제 말을 걸어도 알 수 있도록 줄곧 내 쪽을 향해 있었다. 그런 모습은 익숙해지기 전까지는 왠지 이상하다. 언제나 뭔가를 찾고 있는 것처럼 보인다.

"자, 가자." 나는 사촌동생의 어깨를 두드렸다.

약속시간이 되어 사촌동생이 진찰실로 들어가는 것을 지켜본 뒤 나는 엘리베이터를 타고 1층으로 내려가 식당에 들어갔다. 진열장에 들어 있는 모형 음식들은 하나같이 맛이 없어 보였지만 워낙 배가 고팠기 때문에, 나는 그나마 나아 보이는 팬케이크와 커피 세트를 주문했다. 나온 것을 먹어보니 커피 맛은 그리 나쁘지 않았지만 팬케이크 쪽은 좀 심했다. 식은데다 안은 질벅하고 시럽은 너무 달았다. 나는 겨우 반쯤 목구멍으로 밀어넣었지만, 나머지는 도저히 먹을 수 없어서 접시를 밀어냈다.

평일 오전이라서인지 식당에는 나 말고 다른 한 가족밖에 없었다. 사십대 중반으로 보이는 아버지가 입원 환자고, 어머니와 두 어린 여자아이가 문병객이었다. 쌍둥이인 여자아이들은 똑같은 원피스를 입고 웅크리고 앉아 열심히 오렌지주스를 마시고 있었다. 아버지의 부상인지 병인지는 보기에 그리 심하지 않은 듯했고, 아이들이나 어머니나 지루한 표정을 짓고 있었다. 이야깃거리가 없는 것이다.

창밖에는 넓은 잔디밭이 펼쳐져 있었다. 잔디는 고르게 다듬어져 있고 사이로 자갈 깔린 산책길이 나 있다. 곳곳에 스프링클러가 빙글빙글 돌며 잔디에 물을 뿌렸다. 높은 목소리로 우는 꼬리 긴 새 두 마리가 그 위를 똑바로 가로질러가더니 이내 시야에서 사라졌다. 넓은 잔디 정원 끝에는 테니스코트와 농구코트가 있었다. 테니스코트에는 네트까지 제대로 갖춰져 있었지만 사람의 흔적은 없었다. 테니스코트와 농구코트를 따라 커다란 느티나무가 벽처럼 일렬로 늘어서 있다. 그리고 그 가지 사이로 바다가 보였다. 잎이 무성한 탓에 수평선까지는 또렷이 보이지 않았지만, 여기저기 작은 파도가 반짝거리며 초여름의 태양을 반사하고 있었다.

　창문 바로 아래에는 철조망으로 주위를 둘러싼 축사가 있었다. 축사가 다섯 부분으로 나뉜 것을 보니 원래는 여러 가지 동물들을 길렀던 모양인데, 지금 남아 있는 것은 산양과 토끼뿐이었다. 산양 한 마리에 토끼가 두 마리다. 토끼는 둘 다 갈색으로 쉴 틈도 없이 풀을 뜯고 있었다. 산양은 목덜미가 가려운지 철조망을 두른 말뚝에 목을 비벼댔다.

　아주 옛날에 지금과 똑같은 풍경을 본 적이 있는 기분이 들었다. 넓은 잔디밭이 있고, 바다가 보이고, 테니스코트가 있고, 토끼와 산양이 있고, 쌍둥이 여자아이가 오렌지주스를 마시고 있는…… 이런 풍경 말이다. 그러나 물론 착각이었다. 내가 이 병원에 온 것은 이번이 처음이었고, 정원이며 바다며 테니스코트는 몰라도 토끼와 산양과 쌍둥이 여자아이까지 어딘가 다른 곳에도 똑같이 있었다는 것은 생각할 수 없는 일이었다.

나는 커피를 다 마신 뒤 두 다리를 나란히 건너편 의자 위에 올려놓고, 눈을 감고 크게 한 번 숨을 쉬었다. 눈을 감으니 두꺼운 어둠 속에 응어리 같은 것이 보였다. 그것은 하얀 다이아몬드 모양의 가스 덩어리로, 현미경으로 보는 미생물처럼 커졌다 작아졌다 했다. 기묘한 일이었다.

잠시 후 눈을 떴을 때 네 가족의 모습은 보이지 않았고, 식당에는 나 혼자였다. 그리고 나는 담배에 불을 붙여 따분할 때면 언제나 그랬듯이 연기 모양을 바라보며 시간을 죽였다. 담배를 한 개비 다 피운 다음에는 물을 한 잔 마시고 다시 눈을 감았다. 그러나 눈을 감아도 아까 느낀 기시감은 머릿속에 여전히 또렷이 남아 있었다.

이상한 이야기였다. 내가 마지막으로 큰 병원에 가본 건 벌써 팔 년 전이었고, 그것도 이곳과는 전혀 외관이 다른 바닷가 근처의 병원이었다. 그 병원에도 식당이 있었지만 그곳 창밖으로는 협죽도밖에 보이지 않았다. 오래된 병원이고 언제나 비가 내리는 듯한 냄새가 났다. 그러니 이곳과 착각할 리가 없다.

그해 여름, 나는 열일곱 살이었다. 그해에 다른 어떤 일이 있었는지 기억하려고 잠시 시도해보았지만 전혀 소용이 없었다. 어찌된 일인지 아무것도 떠오르지 않는다. 같은 반 친구 몇몇의 얼굴은 금방 떠올랐지만 떠올릴 수 있는 것은 거기까지고, 그것이 어떤 사건이나 정경과 직접적으로 연결되지는 않았다.

기억이 없는 것은 아니다. 기억은 오히려 머릿속에 빽빽이 들어 있다. 그것을 제대로 바깥으로 끄집어낼 수가 없는 것이다. 끄집어내기는커녕, 일종의 제어장치 같은 것이 작동해서 머리의 조그만 구멍으로 겨우 기어나오는 기억들을 마치 가위로 도마뱀 자르듯 토막토막 단편으로 바꿔버리는 것이다.

어쨌든 그해 여름 나는 열일곱이었고, 친구와 둘이서 바닷가의 오래된 병원에 갔다. 그의 여자친구가 가슴 수술을 받아 입원해 있다고 해서 병문안을 간 것이다.

수술이라고는 하지만 그리 대단한 것은 아니었고, 선천적으로 흉부의 뼈 하나가 약간 안쪽으로 어긋나 있어 그것을 정상으로 돌려놓는 정도였던 것 같다. 별로 긴급을 요하는 처지는 아니었지만, 어차피 할 거라면 나이를 먹은 다음에는 힘들 테니 여름방학에 맞추어 수술을 하게 된 것이다. 수술 자체는 순식간에 끝났지만 뼈의 위치가 심장에 가까운 탓에 의사가 한동안 경과를 지켜보자고 했고, 그녀 쪽에서도 기왕 입원한 김에 정밀검사를 받고 싶다고 해서 결국 그곳에 이 주 가까이 입원하게 되었다.

우리는 야마하 125시시 오토바이를 함께 타고 병원까지 갔다. 갈 때는 그가 운전하고 돌아오는 길은 내가 운전하기로 했다. 나는 친구의 여자친구 문병 따위는 가고 싶지 않았지만, 그는 굳이 내게 같이 가달라고 부탁했다. "혼자 병원에 가서 마주보고 무슨 얘길 해야 할지 모르겠어." 그는 말했다. 나도 그도 그때까지 큰 병원에 가본 적은 한 번도 없었다. 그래서 그런 병원이 어떤 곳인지 전혀 상상도 할 수 없었다.

그는 도중에 제과점에 들러 초콜릿을 한 상자 샀다. 나는 한 손으로 그의 벨트를 잡고 한 손으로 초콜릿 상자를 들었다. 몹시 더운 날이어서 둘 다 티셔츠가 땀으로 흠뻑 젖었다가 바람이 불면 다시 마르기를 몇 번이나 되풀이해서 가축우리에서 나는 것 같은 냄새가 났다. 친구는 운전을 하면서 연방 뭔지 모를 노래를 불러댔다. 뒷자리에 앉은 나는 겨드랑이 땀내로 머리가 이상해져버릴 것 같았다.

우리는 병원 문을 들어서기 전에 바닷가에 오토바이를 세우고 근처 나무 그늘에 누워 한숨 돌렸다. 그 무렵 바다는 이미 오염되어 있었고 늦여름도 끝 무렵에 가까워서 수영을 하는 사람들은 얼마 되지 않았다. 우리는 거기서 십오 분쯤 담배를 피우고 얘기를 나누고 했다. 그래서 초콜릿이 녹아버린 게 아닐까 싶다.

그러나 그때는 초콜릿 같은 건 생각지도 않았다.

"뭔가 이상하다고 생각하지 않니?" 그가 말했다. "그러니까 지금, 이렇게 둘이 있는 게 말이야."

"이상하지 않은데." 내가 말했다.

"이상하지 않다는 건 나도 알아." 그는 말했다. "그래도 뭔가 이상하단 느낌이 들어."

"예를 들면 어떤 게?"

친구는 고개를 가로저었다. "잘 모르겠지만 장소나 시간 같은 거. 분명 그런 걸 거야."

팔 년 전의 일이다. 그 친구는 이미 죽어서, 지금은 없다.

나는 의자를 빼고 일어나 계산대 여자에게로 가서 커피 식권을 사서 웨이트리스에게 건네고, 테이블로 되돌아와 다시 바다를 바라본다. 두 잔째 커피가 나온다. 커피잔 옆에는 설탕이 든 봉지와 크림이 든 조그만 플라스틱 용기가 있다. 나는 먼저 설탕 봉지의 내용물을 재떨이에 버리고, 그 위에 크림을 뿌려 담배꽁초로 곤죽이 되도록 휘저었다. 어째서 그런 짓을 했는지는 나도 잘 몰랐다. 아니, 한참 시간이 흐를 때까지 내가 무슨 짓을 하고 있는지 의식조차 못 했다. 재떨이 속에 정제 설탕과 크림과 담뱃재가 지저분하게 뒤섞여 있는 것을 보고 그제야 비로소 내가 무슨 짓을 했는지 깨달았다. 가끔씩 그럴 때가 있다. 감정을 제대로 조절하지 못하는 것이다.

나는 몸의 밸런스를 확인하듯 양손으로 커피잔을 들고 그 끝에 입술을 갖다 대며 천천히 커피를 마신다. 그리고 뜨거운 커피가 입술에서 목으로, 목에서 식도로 이동해가는 것을 확인한다. 그리고 내 몸속에 나 자신이 완전히 들어가 있음도 확인한다. 테이블 위에 두 손을 활짝 펼쳤다가 오므린다. 손목시계의 초를 나타내는 디지털 표시가 01에서 60까지 변해가는 것을 한참 동안 바라본다.

나는 잘 모르겠다.

하나하나 꼽아보면 어느 것도 그리 대단한 기억은 아니다. 특별히 뭐가 있었던 것도 아니다. 친구가 여자친구 문병을 가는 데 따라간 것뿐이다. 그 이상의 사건은 없다. 굳이 심각하게 떠올릴 정도의 일도 아니다.

우리는 셋이서 식당 테이블에 앉아 담배를 피우고 콜라를 마시고 아이스크림을 먹었다. 그녀는 몹시 배가 고팠던지 코코아와 도넛 두 개를 더 시켜 먹었다. 그래도 아직 성에 덜 찬 듯했다.

"퇴원할 때쯤에는 돼지가 되어 있겠구나." 친구가 말했다.

"뭘, 괜찮아. 회복기니까." 그녀가 말했다.

나는 두 사람이 얘기하는 동안 창밖에 나란히 늘어선 협죽도를 바라보았다. 아주 큰 협죽도라 마치 작은 숲처럼 보였다. 파도 소리도 희미하게 들려왔다. 창밖의 난간은 바닷바람 탓에 엉망이 되어 있었다. 천장에 매달려 있는 오래된 선풍기가 방안의 더운 공기를 빙글빙글 휘젓고 있었다. 식당 안에서도 병원 냄새가 났다. 먹고 마시는 중에도 병원 냄새가 났다. 병원에 온 게 처음이었던 나는 그런 냄새에 둘러싸이자 막연하지만 슬픈 기분이 들었다.

그녀의 파자마에는 가슴 언저리에 두 개의 주머니가 붙어 있었다. 한쪽 주머니에는 왠지 모르지만 볼펜이 한 자루 들어 있다. 역 매점에서 파는 싸구려 볼펜이었다. 가슴팍 부분이 브이자로 파인 옷 사이로 햇볕에 전혀 그을리지 않은 하얀 가슴이 보였다. 그 가슴의 안쪽인지 아래쪽인지에서 뼈가 한 개 움직였다고 생각하니 어쩐지 이상한 느낌이 들었다.

그리고 어떻게 했더라, 나는 생각한다. 콜라를 마시고, 협죽도를 바라보고, 그녀의 뼈를 생각하고, 그리고 어떻게 했더라?

나는 플라스틱 의자 위에서 몸의 위치를 바꾸어 앉아 턱을 괴고, 별 의미도 없는 기억 속을 파헤쳐본다. 마치 가느다란 나이프 끝으로 코르크 마개를 후벼파듯이.

그러나 아무리 생각해봐도 기억은 거기서 뚝 끊겨 있다. 내가 떠올릴 수 있는 것은 '그녀의 하얀 가슴속 뼈'까지다. 그다음은 아무것도 없다. 아마 그녀의 뼈에 대한 인상이 너무 강해서, 시간이 거기서 멈춰버린 것이리라.

그 당시의 나는 뼈의 위치를 바로잡기 위해 살을 찢는다는 것을 좀처럼 납득하지 못했던 것 같다. 살을 조금 찢으면 뼈가 있고, 거기에 손을 넣어 위치를 바로잡고, 다시 봉하고, 그 살이 한 여자의 몸으로 또다시 기능한다⋯⋯는 것을.

그녀가 몸을 구부리면 브이자 형의 가슴팍으로 유방 사이의 매끄러운 살이 보였다. 그때마다 나는 얼른 눈을 감았다. 그럴 때 대체 뭘 생각해야 좋을지 몰랐다.

매끄럽고 하얀 살.

그래, 그리고 우리는 뭔가 섹스에 관한 얘기를 나누었던 것 같다. 주로 내 친구가 얘기를 했다. 내가 들려준 실패담을 과장스럽게 부풀린 아주 아슬아슬한 이야기였다. 내가 여자애를 꼬드겨서 바닷가로 데려가 옷을 벗기려고 했다는 이야기. 사실은 별 얘기도 아니었는데, 그의 말솜씨가 뛰어난 덕에 우리는 웃었다.

"너무 웃기지 마. 웃으면 또 가슴이 아프단 말이야." 그녀가 웃으면서 말했다.

"어느 쪽이 아파?" 친구가 물었다.

그녀는 심장의 바로 위, 왼쪽 유방의 조금 안쪽을 손가락으로 눌렀다. 친구가 그것을 보고 무슨 말인가 하고, 그녀는 또 웃었다. 나도 웃으며 담배에 불을 붙이고 다시 창밖으로 시선을 돌렸다.

나는 시계를 본다. 열한시 십오분. 사촌동생은 아직 돌아오지 않았다. 점심시간이 다가오는 탓인지 식당은 조금씩 붐비기 시작했다. 그중 몇 명은 환자복 차림이거나 머리에 붕대를 감고 있거나 했다. 식당은 커피 냄새며 점심 메뉴인 햄버그스테이크를 굽는 냄새로 가득했다. 어린 여자아이가 뭔가를 엄마에게 열심히 조르고 있다.

내 기억력은 이제 완전히 잠들어버렸다. 술렁거리는 소리가 낮게 깔린 연기처럼 내 눈높이에서 떠돌고 있었다.

때때로 내 머리는 아주 단순한 일로 혼란스러워진다. 사람들은 왜 아픈가, 뭐 그런 생각들로. 아주 조금 뼈가 어긋난 것, 귓속의 뭔가가 살짝 일그러져버린 것, 어떤 기억들이 불규칙하게 머릿속에 박혀 있는 것. 사람이 아픈 것. 병이 몸을 침범하고, 눈에 보이지 않는 작은 돌이 신경 틈새로 파고들고, 살이 녹고, 뼈가 드러나는 것. 그리고 그녀의 파자마 주머니에 들어 있는 싸구려 볼펜 한 자루.

볼펜.

나는 다시 눈을 감고 심호흡을 한다. 그리고 커피 스푼의 양끝을 양손으로 잡는다. 술렁거리는 소리는 아까보다 약간 약해져 있다. 그녀는 그 볼펜을 손에 들고 종이냅킨 뒤에 뭔가를 그리고 있었다. 그리고 그녀가 그렇게 구부리고 있을 때, 나는 그녀의 유방 사이의 매끄러운 살을 볼 수 있었다.

그녀는 그림을 그리고 있었다. 그림을 그리기에 종이냅킨은 너무 부드러워서 볼펜 끝이 계속 걸린다. 그래도 그녀는 그림을 그리는 데 정신이 팔려 있었다. 도중에 순서가 생각나지 않으면 그녀는 손을 멈추고 볼펜의 파란 플라스틱 뚜껑을 깨물었다. 그리 세게 깨무는 건 아니다. 잇자국이 남지 않을 정도로 부드럽게 깨물었다.

그녀는 언덕을 그렸다. 복잡한 모양의 언덕이었다. 고대사 삽화에나 나올 듯한 언덕이다. 언덕 위에는 작은 집이 있었다. 집 안에는 여자가 잠들어 있었다. 집 주위에는 장님 버드나무가 무성했다. 장님 버드나무가 여자를 잠재운 것이다.

"장님 버드나무가 대체 뭐야?" 친구가 물었다.

"그런 종류의 버드나무가 있어." 그녀가 대답했다.

"들은 적도 없는걸." 친구가 말했다.

"내가 만들었어." 그녀가 말했다. "장님 버드나무의 꽃가루를 묻힌 작은 파리가 귓속으로 파고들어와 여자를 잠재우는 거야."

그녀는 새 종이냅킨을 꺼내서 거기다 커다랗게 장님 버드나무를 그렸다. 장님 버드나무는 진달래 크기 정도의 나무였다. 꽃이 피지만, 그 꽃은 두꺼운 잎에 싸여 있다. 잎은 녹색으로 도마뱀의 꼬리가 잔뜩 모여 있는 듯한 모양이다. 잎이 가늘다는 것만 빼면 장님 버드나무는 조금도 버드나무 같지 않았다.

"담배 있냐?" 친구가 내게 물었다. 나는 쇼트호프 갑과 성냥을 테이블 너머로 던졌다. 그는 한 개비를 빼서 불을 붙이고는 내 쪽으로 다시 던졌다.

"장님 버드나무는 겉으로 보기에는 아주 작지만, 뿌리는 상상도 할 수 없을 만큼 깊어." 그녀는 설명했다. "실제로 어느 수령에 도달하면 장님 버드나무는 위로 자라는 걸 멈추고 아래로 아래로만 뻗어가. 그래서 어둠을 양분 삼아 자라."

"그리고 파리가 그 꽃가루를 묻혀 여자의 귓속에 파고들어 여자를 재우는구나?" 친구가 물었다. "그러면 그 파리는 어떻게 되는데?"

"여자의 몸속에 들어가 살을 먹지, 물론." 그녀가 말했다.

"우적우적." 친구가 게걸스럽게 먹는 시늉을 했다.

그렇다, 그녀는 그 여름 장님 버드나무에 대해 긴 시를 썼고 그 줄거리를 우리에게 설명해주었다. 그것은 그녀에게 유일한 여름방학 숙제였다. 그녀는 어느 날 밤 꾼 꿈을 바탕으로 그 스

토리를 만들고, 침대 위에서 일주일 동안에 걸쳐 긴 시를 완성했
다. 친구는 그것을 읽고 싶다고 했지만 그녀는 아직 세세한 부분
에 손을 대지 않았다는 이유로 거절했다. 그 대신 그녀는 그림을
그려가며 그 줄거리를 설명해주었다.

　장님 버드나무의 꽃가루 때문에 잠들어버린 여자를 찾아, 젊
은 남자가 혼자 언덕을 올라갔다.

　"내 얘기야, 분명히." 친구가 농담을 했다. 그녀는 조금 웃고
는 얘기를 계속했다.

　그는 길을 막듯이 무성한 장님 버드나무를 헤치고 언덕을 올
라갔다. 장님 버드나무가 무성한 이 언덕을 오른 것은 젊은이가
처음이었다. 그는 모자를 푹 눌러쓰고 한 손으로 파리를 쫓으면
서 꼭대기를 향해 올라갔다.

　"하지만 결국 힘들게 오두막에 올라왔더니 아가씨의 몸은 이
미 파리가 다 먹어버렸지?" 친구가 물었다.

　"어떤 의미에서는." 그녀가 대답했다.

　"어떤 의미에서 파리에게 먹혔다는 건, 어떤 의미에서는 슬픈
얘기인 거겠네?"

　"뭐, 그렇겠지." 그녀는 웃으며 말했다.

　"그렇지만 그런 잔혹하고 어두운 이야기로는 도저히 너희 학
교 수녀님들을 기쁘게 할 것 같지 않은데." 그가 말했다. 그녀는

기독교 계통 여학교에 다니고 있었다.

"그렇지만 아주 재미있는 것 같아." 나는 처음으로 참견을 했다. "정경情景으로서는 말이야."

그녀는 내 쪽을 보며 빙그레 웃었다.

"우적우적." 친구가 말했다.

사촌동생이 돌아온 것은 열두시 이십분이었다. 그애는 멍하니 초점이 맞지 않는 표정으로 한 손에 약이 든 흰 종이봉지를 들고 있었다. 그애가 입구에 모습을 보인 뒤부터 내 테이블에 올 때까지 꽤 긴 시간이 걸렸다. 어딘지 몸의 균형을 제대로 잡지 못하는 걸음걸이였다.

그애는 내 건너편 의자에 걸터앉더니 후유 한숨을 내쉬었다.

"어땠어?" 내가 물었다.

"으응." 사촌동생이 말했다. 나는 한동안 사촌동생이 말을 꺼내기를 기다렸지만 좀처럼 얘기를 시작하려 하지 않았다.

"배고프지?" 내가 물었다.

사촌동생은 고개만 끄덕였다.

"여기서 먹을까? 아니면 버스로 내려가서 시내에서 먹을까?"

사촌동생은 잠깐 망설이더니 식당 안을 둘러보고는, 여기서 먹겠다고 했다.

나는 웨이트리스를 불러 점심 메뉴를 이 인분 주문했다. 사촌 동생이 목이 마르다고 해서 콜라도 주문했다. 음식이 올 때까지 사촌동생은 멍하니 창밖 풍경을 내다보았다. 바다, 느티나무, 테니스코트, 스프링클러와 산양과 토끼들이 있었다. 그가 내 쪽으로 오른쪽 귀를 돌리고 있어서 나는 아무 말도 걸지 않았다.

식사가 나올 때까지 제법 시간이 걸렸다. 나는 무척 맥주가 마시고 싶었지만 물론 병원 식당에는 맥주가 없다. 할 수 없이 이 쑤시개를 한 개 뽑아 손톱 큐티클층을 다듬었다. 옆 테이블에는 번듯한 차림의 중년 부부가 스파게티를 먹으면서 폐암에 걸린 지인 얘기를 하고 있었다. 아침에 일어났더니 혈담이 나왔다더라, 혈관에 튜브를 넣었다더라, 그런 얘기였다. 주로 아내가 질문하고 남편이 대답했다. 암이란 요컨대 그 사람이 평소에 살아가는 방식이 응축된 거야, 그는 그렇게 대답했다.

점심 메뉴는 햄버그스테이크와 흰살생선 튀김이었다. 거기에 샐러드와 롤빵과 컵 수프가 함께 나왔다. 우리는 묵묵히 먹기만 했다. 수프를 마시고, 빵을 뜯어 버터를 바르고, 포크로 샐러드를 집고, 나이프로 햄버그스테이크를 자르고, 곁들여 나온 스파게티를 둥글게 말아 입에 넣었다. 그러는 동안 옆자리 부부는 계속 암 얘기를 하고 있었다. 남편은 최근 들어 암이 급증하는 이유에 관해 열심히 얘기했다.

"지금 몇시야?" 사촌동생이 물었다. 나는 팔을 구부려 시계를 보고, 그리고 빵을 삼켰다. "열두시 사십분." 내가 대답했다.

"열두시 사십분." 사촌동생이 따라 했다.

"원인은 잘 모르겠대." 사촌동생이 말했다. "어째서 들리지 않는지. 특별히 눈에 띄는 이상이 없대."

"호오." 나는 말했다.

"물론 오늘이 첫날이고 이제 기초적인 검사만 한 거니까 아직 자세한 것은 아무것도 모르겠지만…… 어쨌든 긴 치료가 될 것 같아."

나는 고개를 끄덕였다.

"의사들은 모두 똑같아. 어느 병원이고 다. 원인을 모르는 게 있으면 뭐든지 남한테 떠넘겨. 귓속을 살펴보고 엑스레이를 찍고 반응을 측정하고 뇌파를 살펴보고, 그래도 별 이상이 없으면 결국은 모두 내 탓으로 돌려버려. 귀에는 결함이 없으니 내 쪽에 결함이 있다고 생각하는 거야. 여태껏 그래왔어. 그래서 모두 나를 비난하게 된 거야."

"그렇지만 정말 들리지 않지?" 내가 물었다.

"응." 사촌동생이 말했다. "물론 정말 들리지 않아. 거짓말이 아냐."

사촌동생은 약간 고개를 갸웃거리며 내 얼굴을 보았지만, 자신이 의심받는다는 사실에 대해서는 별 느낌이 없는 것 같았다.

우리는 버스 정류장의 긴 의자에 앉아 버스가 오기를 기다렸다. 버스가 오려면 아직 십오 분 가까이 시간이 있었다. 나는 내리막길이니 두 정류장만 슬슬 걸어서 가지 않겠느냐고 제의했지만 사촌동생은 여기서 기다리겠다고 했다. 어차피 같은 버스를 타잖아, 그애가 말했다. 뭐 그건 그렇다. 근처에 가게가 있어서 나는 사촌동생에게 돈을 주어 캔맥주를 사오게 했다. 사촌동생은 또 콜라를 마셨다. 여전히 날씨가 좋았고, 여전히 5월의 바람이 불고 있었다. 눈을 감고 짝 하고 손뼉을 치고 다시 눈을 뜨면 여러 상황들이 바뀌어 있지 않을까 하는 생각이 문득 든다. 바람이 내 피부에 달라붙은 여러 가지 존재감 위에 이상한 줄질 같은 걸 하는 탓일 것이다. 그러고 보니 훨씬 더 옛날에는 곧잘 이런 감촉을 체험했다.

"형도 그렇게 생각해? 신경적인 요인으로 귀가 들렸다가 들리지 않았다가 한다고?" 사촌동생이 물었다.

"난 모르겠어." 내가 말했다.

"나도 모르겠어." 사촌동생이 말했다.

사촌동생은 한동안 무릎 위에 놓인 약봉지를 만지작거렸다. 나는 500밀리리터짜리 캔맥주를 홀짝홀짝 마시고 있었다.

"그런데, 어떤 식으로 갑자기 안 들려?" 내가 물었다.

"글쎄." 사촌동생이 말했다. "마치 라디오 주파수가 안 맞는 것 같은 느낌이야. 파도가 위아래로 움직이는 것처럼 점점 소리가 약해지다가 사라져버리는데, 그러다 조금 있으면 다시 파도가 치듯 소리가 점점 커지면서 조금은 들리게 돼. 물론 정상적인 사람에 비하면 훨씬 미미한 소리겠지만."

"힘들겠구나." 내가 말했다.

"한쪽 귀가 들리지 않는 것이?" 사촌동생이 물었다.

"그런 모든 것들이 말이야." 나는 대답했다.

"실은 잘 모르겠어. 얼마나 힘든지는. 의외로 귀가 들리지 않는 것과는 직접적인 관계가 없는 깜짝 놀랄 일들이 힘들 때가 있으니까."

"그렇구나." 나는 말했다.

"정말 나 같은 귀를 가지고 있다면, 여러 가지 일들에 자주 놀라게 될 거야."

"그러게." 나는 말했다.

"근데 이런 거 내 자랑 같지 않아?"

"그렇지 않아." 나는 말했다.

사촌동생은 약봉지를 만지작거리면서 또 잠깐 생각에 잠겼다. 나는 3분의 1 정도 남은 맥주를 하수도에 쏟아 버렸다.

"존 포드의 〈리오그란데의 요새〉라는 영화 본 적 있어?" 사촌 동생이 뜬금없이 물었다.

"아니." 나는 대답했다.

"요전에 텔레비전에서 하는 걸 봤어." 사촌동생이 말했다. "재미있더라."

"그랬구나." 나는 말했다.

우리는 병원 문에서 녹색 외제 스포츠카가 나와 오른쪽으로 돌아 언덕길을 내려가는 것을 바라보았다. 스포츠카에는 중년 남자가 혼자 타고 있었다. 차는 햇살을 받아 아주 기분좋게 빛나고 있어서, 마치 너무 크게 자란 벌레 같아 보였다. 나는 암에 대해 생각하며 담배를 피웠다. 그리고 응축된 삶의 방향성에 대해 생각해보았다.

"영화 얘긴데 말이야." 사촌동생이 말했다.

"응." 내가 말했다.

"도입부에서 요새에 유명한 장군이 찾아와. 순찰인가 뭔가 때문에."

〈리오그란데의 요새〉 얘기였다.

"응." 내가 말했다.

"그 장군을 선임 소령이 마중 나가는데, 그 사람이 존 웨인이야. 장군은 동부에서 왔기 때문에 서부에 대해서 잘 몰라. 인디

언에 대해서도 그렇고. 요새 주변에서 인디언이 반란을 일으키
고 있었는데 말이야."

"응."

"그래서 장군이 요새에 왔을 때 존 웨인이 마중을 나간 거야.
'리오그란데 요새에 오신 걸 환영합니다' 하면서. 그러자 장군
이 이러는 거야. '오는 길에 인디언을 몇 명 보았네. 주의하는 게
좋겠어.' 그러자 존 웨인이 이렇게 대답했어. '괜찮습니다. 각하
가 인디언을 볼 수 있었다는 것은 실제로 인디언이 없다는 얘기
니까요.' 정확한 대사는 잊어버렸지만 대충 그런 말이었어. 무슨
말인지 알겠어?"

나는 담배 연기를 들이마셨다가 내뿜었다.

"그러니까, 누구의 눈에나 보이는 것은 사실 그다지 중요한 게
아니라는 건가." 내가 말했다.

"그럴까?" 사촌동생이 말했다. "의미는 잘 모르겠지만, 귀 때
문에 누군가에게 동정을 받을 때마다 난 언제나 그 영화의 장면
을 떠올려. '인디언을 볼 수 있다는 것은 인디언이 없다는 얘깁
니다'라고 말하는."

나는 웃었다.

"우스워?" 사촌동생이 물었다.

"우스워." 내가 대답했다. 그러자 사촌동생이 따라 웃었다.

"영화 좋아하니?" 내가 물어보았다.

"좋아해." 사촌동생이 말했다. "하지만 귀 상태가 안 좋을 때는 거의 보지 못하니까, 그렇게 많이 보지는 못해."

"귀가 좋아지면 영화 보러 가자." 나는 말했다.

"그래." 사촌동생은 안심한 듯이 말했다.

나는 시계를 보았다. 한시 십칠분. 버스가 오려면 아직 사 분 남았다. 나는 머리를 들어 멍하니 하늘을 바라보았다. 사촌동생이 내 팔을 잡고 시계를 보았다. 나는 계속 하늘을 보다 이제 사 분이 지났을까 하고 시계를 보았지만, 실제로는 이 분밖에 지나지 않았다.

"형." 사촌동생이 불렀다. "내 귀 좀 봐줄래?"

"왜?" 내가 물었다.

"그냥." 사촌동생이 말했다.

"좋아." 내가 말했다.

그애는 뒤로 돌아앉아 오른쪽 귀를 내 쪽으로 돌렸다. 사촌동생의 머리가 짧아서 귀가 또렷이 보였다. 잘생긴 귀였다. 전체적으로는 작지만 귓불만은 도톰했다. 그런 식으로 누군가의 귀를 유심히 들여다본 것은 처음이었다. 한참 보다보니 귀에 어딘지 이상한 데가 있었다. 생각지 못한 곳이 구불구불하게 굽어 있기도 하고, 움푹 들어가 있기도 하고, 튀어나와 있기도 했다. 어째서 귀가 그렇게 이상한 모양을 하고 있는지 이해할 수 없었다. 소리를 모으는 기능이나 방어 기능을 추구하다보니 자연스럽게 그런 모양이 되어버렸을지도 모른다.

그리고, 그 구불구불한 벽에 둘러싸여 검은 구멍이 뻥 뚫려 있었다. 귓구멍 자체는 별로 특이한 게 없었다.

"이제 됐어." 나는 한차례 관찰한 후 말했다.

사촌동생은 다시 앞으로 돌아앉았다. "어때? 뭔가 이상한 점이 있었어?"

"겉으로 보기에는 별로 이상한 데가 없어." 나는 말했다.

"특이한 모양이라든가 느낌 같은 거, 하나도 못 느꼈어?"

"아주 평범한 귀라고 생각해. 다른 사람들하고 똑같아." 나는 말했다.

"흐음." 그애가 말했다. 사촌동생은 내가 그렇게 간단히 말하자 약간 실망한 듯했다. 그러나 대체 어떻게 말해야 좋을지 나는 알 수 없었다.

"치료할 때 아팠니?" 내가 물었다.

"그렇지도 않아. 지금까지와 별다를 바 없었거든." 그애는 말했다. "청력검사에 새로운 기계를 사용한 것 말고 나머지는 거의 똑같았어. 이비인후과는 말이야, 어디든 하는 건 거기서 거기야. 똑같은 의사들이 똑같은 질문을 하고 말이지."

"그렇구나." 나는 말했다.

"똑같은 곳을 똑같이 휘저어버리니까, 지금은 어쩐지 닳아버린 기분이야. 내 귀란 느낌이 안 들어."

나는 손목시계를 보았다. 이제 버스가 올 시각이었다. 나는 바지 주머니에서 동전을 한 줌 꺼내 280엔을 챙겨서 사촌동생에게 건넸다. 사촌동생은 그 동전을 한 번 더 세어본 뒤 소중한 듯 꼭 쥐었다.

나와 사촌동생은 더는 아무 말도 하지 않았다. 언덕길 끝에서 반짝반짝 빛나는 바다를 바라보면서, 나란히 긴 의자에 앉아 버스를 기다렸다.

나는 그 침묵 속에서, 사촌동생의 귓속에 둥지를 틀고 있을지도 모르는 무수한 작은 파리들을 생각했다. 여섯 개의 다리에 꽃가루를 잔뜩 묻혀 사촌동생의 귓속에 들어가, 그 안에서 부드러운 살을 갉아먹고 있는 파리들을. 이렇게 꼼짝 않고 버스를 기다리는 동안에도 그것들은 사촌동생의 복숭앗빛 살 속에 파고들어가 즙을 빨아먹고, 뇌 속에 알을 낳고 있다. 그리고 시간의 계단을 천천히 기어올라가고 있다. 그러나 아무도 그들의 존재를 알아차리지 못한다. 그들의 몸은 너무 작고, 그들의 날개 소리는 너무도 미미하다.

"28번." 사촌동생이 말했다. "28번 버스 맞지?"

버스 한 대가 이쪽을 향해 언덕길 오른쪽 모퉁이를 돌아오는 것이 보였다. 낯익은 구형 버스로 정면에 '28'이라는 번호판이 걸려 있었다. 나는 긴 의자에서 일어나 한쪽 손을 들어 버스 운전사에게 신호를 보냈다. 사촌동생은 손바닥을 펼쳐 한 번 더 동전을 세었다. 그리고 나와 사촌동생은 둘이 나란히 서서, 버스 문이 열리기를 기다렸다.

춤추는 난쟁이

꿈에 난쟁이가 나타나 나더러 춤을 추지 않겠느냐고 했다.

그것이 꿈이란 건 알고 있었다. 그러나 그때 나는 현실에서와 마찬가지로 꿈속에서도 몹시 지쳐 있었다. 그래서 "미안하지만 피곤해서 못 추겠는데" 하고 정중하게 거절했다. 난쟁이는 그 일로 그다지 기분 나빠하지는 않았다. 난쟁이는 혼자서 춤을 추었다.

난쟁이는 땅바닥에 휴대용 플레이어를 내려놓고 레코드를 걸고 춤을 추었다. 레코드는 플레이어 주변에 한가득 흩어져 있었다. 나는 그중 몇 장을 집어들고 살펴보았다. 음악의 종류는 실로 잡다했다. 마치 눈을 감고 마구잡이로 집어온 느낌이었다. 게다가 내용물과 재킷이 거의 일치하지 않았다. 난쟁이는 한번 틀었던 레코드를 재킷에 넣지 않고 그대로 팽개쳐두어서 나중에는 어떤 레코드가 어떤 재킷에 들어 있었는지조차 알지 못해, 결국은 아무데나 마구 찔러넣게 된 것이다. 덕분에 글렌 밀러 오케스트라의 재킷에 롤링 스톤스의 레코드가 들어 있기도 하고, 라벨의 〈다프니스와 클로에 조곡〉의 재킷에 미치 밀러 합창단의 레코드가 들어 있기도 했다.

그러나 난쟁이는 그런 혼란에 전혀 개의치 않는 것 같았다. 어찌됐거나 그것이 음악이고 그에 맞춰 춤출 수 있다면 난쟁이에겐 충분했던 것이다. 난쟁이는 지금 〈기타 음악 명곡집〉이라는 재킷에 들어 있던 찰리 파커의 레코드에 맞춰 춤을 추고 있다. 맹렬하게 빠른 찰리 파커의 음표를 몸으로 빨아들이며 난쟁이는 바람처럼 춤을 추었다. 나는 포도를 먹으면서 난쟁이의 춤을 구경했다.

난쟁이는 춤을 추는 동안 많은 땀을 흘렸다. 난쟁이가 머리를 흔들면 얼굴의 땀이 튀고, 손을 흔들면 손가락 끝에서 땀이 흘러내렸다. 그래도 난쟁이는 쉬지 않고 계속 춤을 추었다. 음악이 끝나서 나는 포도 쟁반을 땅바닥에 내려놓고 새 레코드를 틀었다. 그러자 난쟁이는 또 춤을 추었다.

"정말 춤을 잘 추는군." 내가 말을 걸었다. "마치 음악 그 자체 같아."

"고마워." 난쟁이는 점잔을 빼며 말했다.

"언제나 그렇게 춤을 추나?" 내가 물었다.

"뭐 그렇지." 난쟁이가 대답했다.

그리고 난쟁이는 발끝으로 서서 능숙한 솜씨로 빙그르르 한 바퀴 돌았다. 탐스럽고 부드러운 머리칼이 바람에 흩날렸다. 너무 훌륭한 솜씨여서 나는 박수를 쳤다. 난쟁이가 정중하게 인사를 하자, 곧 곡이 끝났다. 난쟁이는 춤추기를 멈추고 타월로 땀을 닦았다. 레코드 바늘이 같은 곳을 돌고 있어 나는 바늘을 올리고 플레이어를 껐다.

"말하자면 긴데." 난쟁이는 내 얼굴을 흘긋 보며 말했다. "넌 아마 별로 시간이 없겠지."

나는 포도를 먹으면서 뭐라고 대답할지 망설였다. 시간은 얼마든지 있었지만 난쟁이의 긴 신세타령을 듣는 건 지겨울 것 같았고, 게다가 무엇보다 이것은 꿈이다. 꿈이란 것은 그리 오랫동안 꾸지 못한다. 언제 사라져버릴지 모른다.

"북쪽 나라에서 왔어." 난쟁이는 내 대답을 기다리지도 않고 멋대로 이야기를 시작하면서 손가락으로 딱 소리를 냈다. "북쪽 사람들은 아무도 춤을 추지 않아. 아무도 춤추는 법을 몰라. 춤이란 게 있는지조차 몰라. 하지만 나는 춤추고 싶었어. 발을 내딛고, 팔을 휘두르고, 고개를 흔들고, 빙글빙글 돌고 싶었어. 이렇게 말이야."

　난쟁이는 발을 내딛고, 팔을 휘두르고, 빙그르르 돌았다. 자세히 보니 발을 내딛고 팔을 휘두르고 고개를 흔드는 동작이 마치 빛으로 된 방울이 터지는 것처럼 몸에서 일제히 뿜어져나왔다. 하나하나의 동작은 그리 어려워 보이지 않았지만, 네 가지가 한꺼번에 이루어지자 믿을 수 없을 만큼 아름다운 움직임이 되었다.

　"이렇게 춤을 추고 싶었어. 그래서 남쪽으로 온 거야. 남쪽으로 와서 무용수가 되어 술집에서 춤을 추었어. 내 춤은 평판이 좋아서 황제 앞에서도 추게 되었지. 그래, 그건 물론 혁명 전의 얘기지만. 혁명이 일어나서 너도 알다시피 황제가 죽게 되자 난 마을에서 쫓겨났어. 그래서 숲속에서 살게 된 거야."

　난쟁이는 또 광장 한가운데로 가서 춤을 추기 시작했다. 나는 레코드를 틀었다. 프랭크 시나트라의 옛날 레코드였다. 난쟁이는 시나트라의 목소리에 맞추어 〈나이트 앤드 데이〉를 부르면서 춤을 추었다. 나는 황제의 옥좌 앞에서 춤추는 난쟁이의 모습을 상상해보았다. 번쩍거리는 샹들리에와 아름다운 시녀들, 진기한 과일과 근위병의 창, 뚱뚱한 신하, 갖은 보석들이 빼곡하게 박힌 가운을 몸에 두른 젊은 황제, 땀을 흘리면서 곁눈질 한 번 하지 않고 춤을 추는 난쟁이…… 그런 광경을 상상하자 어딘가 먼 곳에서 당장이라도 혁명의 포성이 들려올 것 같은 기분이 들었다.

난쟁이는 계속해서 춤을 추었고 나는 포도를 먹었다. 해가 서쪽으로 기울고 숲의 그림자가 대지를 덮었다. 새 같은 크기의 거대한 검은 나비가 광장을 가로질러 숲속으로 사라져갔다. 공기가 싸늘했다. 슬슬 사라질 때가 된 것 같았다.

"이제 가야 할 때인 것 같아." 나는 난쟁이에게 말했다.

난쟁이는 춤을 멈추더니 말없이 고개를 끄덕였다.

"춤을 보여줘서 고마워. 정말 즐거웠어." 내가 말했다.

"천만에." 난쟁이가 말했다.

"이제 못 만날지도 모르지만, 건강해." 내가 말했다.

"아냐." 난쟁이는 고개를 저으며 말했다.

"어째서?" 내가 물었다.

"너는 여기 또 오게 될 거니까. 여기 와서 숲속에 살며, 그리고 매일매일 나랑 함께 춤을 추게 될 거야. 그러는 동안 너도 나처럼 춤을 잘 추게 될걸."

딱, 난쟁이는 손가락으로 소리를 냈다.

"왜 내가 여기 살면서 너와 함께 춤을 추게 되는 거지?" 나는 조금 놀라서 물었다.

"정해져 있거든." 난쟁이는 말했다. "이제 누구도 그걸 바꿀 수는 없어. 그러니까 너랑 나는 곧 다시 만나게 될 거야."

난쟁이는 그렇게 말하며 내 얼굴을 빤히 올려다보았다. 이미 어둠이 밤의 물처럼 난쟁이의 몸을 파랗게 물들이고 있었다.

"그럼."

난쟁이가 말했다.

그리고 등을 돌리고는 다시 혼자서 춤추기 시작했다.

눈을 뜨자 나는 혼자였다. 땀에 흠뻑 젖은 채 침대에 혼자 엎드려 있었다. 창밖에 새가 보였다. 새는 평소의 새처럼 보이지 않았다.

나는 정성껏 세수를 하고 수염을 깎고 빵을 굽고 커피를 끓였다. 고양이에게 먹이를 주고 화장실 모래를 갈아주고 넥타이를 매고 신발을 신었다. 그리고 버스를 타고 공장으로 갔다. 코끼리를 만드는 공장이었다.

물론 코끼리를 만드는 건 단순한 작업이 아니다. 만드는 대상도 크고 과정도 복잡하다. 머리핀이나 색연필 따위를 만드는 것과는 차원이 다르다. 드넓은 부지에 세워진 공장은 몇 개의 동으로 나뉘어 있다. 동 건물 하나하나도 무척 커서 색깔로 파트를 구분해놓았다. 내 경우는 그달에 귀 부분을 맡았으므로 천장과 기둥이 노란 건물 안에서 일을 했다. 헬멧과 바지도 노란색이었다. 나는 그곳에서 내내 코끼리 귀를 만들었다. 그전 달에는 초록색 건물 안에서 초록색 헬멧을 쓰고 초록색 바지를 입고 코끼리 머리를 만들었다. 우리는 누구나 한 달 단위로 집시처럼 파트를 이동했다. 그것이 공장의 방식이었다. 그러면 코끼리라는 게 어떤 것인지 전체적인 모습을 모든 이들이 이해할 수 있기 때문이다. 평생 귀만 만든다거나 평생 손톱만 만드는 건 여기서 용납되지 않는다. 높은 사람들이 이동표를 짠다. 우리는 그것에 따라 이동한다.

코끼리의 머리를 만드는 건 아주 보람 있는 작업이다. 무척 섬세한 작업이고, 하루가 끝나면 입을 열기도 싫을 정도로 기진맥진해진다. 한 달 동안 그 일을 하면서 나는 3킬로그램이나 체중이 줄었다. 그러나 확실히 '뭔가를 하고 있다'는 기분이 든다. 거기에 비해 코끼리의 귀 만들기는 정말 간단하다. 얇고 넓적한 것을 만들어 거기다 주름만 잡으면 한쪽 완성이다. 그래서 우리는 귀 만들기 파트로 가는 것을 '귀 휴가를 받는다'고 한다. 한 달 휴가를 얻은 뒤에 나는 코 만들기 파트로 간다. 코를 만드는 데는 세심한 주의가 필요하다. 코가 구불구불 잘 움직여야 하고, 게다가 구멍이 잘 뚫려 있지 않으면 완성된 코끼리가 화를 내며 난동을 부릴 수 있기 때문이다. 코를 만드는 건 아주 신경이 많이 쓰이는 일이다.

노파심에서 설명하자면, 우리는 무無에서 코끼리를 만들어내는 것이 아니다. 정확히 말하자면 우리는 코끼리를 증식시키는 셈이다. 즉, 한 마리의 코끼리를 잡아와서 톱으로 귀와 코와 머리와 허벅지와 다리와 꼬리를 절단하고, 그것을 잘 짜맞춰 다섯 마리의 코끼리를 만드는 것이다. 그러니 완성된 각각의 코끼리는 5분의 1만 진짜고, 나머지 5분의 4는 가짜인 셈이다. 그러나 그런 것은 언뜻 봐서 알 수 없고, 코끼리 자신조차 알지 못한다. 우리는 그 정도로 정교하게 코끼리를 만든다.

어째서 그렇게 인공적으로 코끼리를 만들어야─혹은 증식시켜야─하는가 하면, 우리가 코끼리에 비해 성질이 매우 급하기 때문이다. 자연에 맡겨두면 코끼리라는 동물은 사오 년에 한 마리밖에 새끼를 낳지 않는다. 코끼리를 몹시 좋아하는 우리는 코끼리의 그런 관습 혹은 습성을 지켜보고 있자면 매우 초조해진다. 그래서 우리 손으로 코끼리를 증식시키기로 한 것이다.

증식된 코끼리는 악용되지 않도록 일단 코끼리 공급회사에서 사들여, 보름간 그곳에서 엄중한 기능 체크를 받는다. 그리고 발바닥에 공장 마크를 찍어 정글에 풀어놓는다. 우리는 보통 일주일에 열다섯 마리의 코끼리를 만든다. 크리스마스 전 시즌에는 기계를 풀가동해서 최고 스물다섯 마리까지 만들 수 있지만, 열다섯 마리가 그럭저럭 적당한 숫자라고 나도 생각한다.

앞에서도 말했듯이 귀 만들기 파트는 코끼리 공장에서 일련의 공정 가운데 가장 편한 곳이다. 힘도 필요 없고, 신경을 곤두세울 필요도 없고, 복잡한 기계도 사용하지 않는다. 작업량 자체도 적다. 하루종일 느긋하게 일해도 되고, 오전중에 열심히 목표량을 채워놓고 나머지 시간은 빈둥거리며 보내도 된다.

나와 동료는 둘 다 느릿느릿 일하는 것이 체질에 맞지 않아서, 오전중에 열심히 일해서 마무리지어놓고 오후에는 잡담을 하거나 책을 읽거나 각기 좋아하는 것들을 하며 보내는 편이었다. 그날 오후도 우리는 주름 잡기까지 끝난 귀 열 장을 벽에 죽 걸어놓고, 그다음부터는 바닥에 앉아 햇볕을 쬐었다.

나는 동료에게 꿈에서 본 춤추는 난쟁이 얘기를 했다. 그 꿈속의 정경을 하나하나 또렷하게 기억하고 있어서 하나마나 별 상관 없는 부분까지 자세하게 설명했다. 말로 부족한 부분은 직접 고개를 흔들고, 손을 휘두르고, 발을 내디뎌 보였다. 동료는 차를 마시면서 "응응" 하는 식으로 내 얘기를 들었다. 동료는 나보다 다섯 살 연상으로 체격이 다부지고 수염이 짙고 말수가 적다. 그리고 팔짱을 끼고 생각에 잠기는 버릇이 있다. 생긴 게 그런 탓도 있어서 언뜻 보면 진지하게 무언가를 생각하는 것 같지만 실제로 그렇지 않아서, 대부분은 한참 있다가 천천히 몸을 일으키며 "어려운걸" 하고 불쑥 한마디하는 정도다.

이때도 동료는 내 꿈 이야기를 다 듣고 나더니 줄곧 혼자 생각에 잠겨 있었다. 동료가 하도 오래 생각에 잠겨 있어서 나는 그동안 시간 때우기로 전기 풀무의 패널을 걸레로 닦고 있었다. 잠시 후 그는 언제나와 마찬가지로 몸을 천천히 일으키더니 " 어려운걸" 하고 말했다. "난쟁이, 춤추는 난쟁이…… 어려워."

나 역시 평소와 다를 바 없이 제대로 된 대답을 기대했던 게 아니어서 별로 실망하지는 않았다. 나는 전기 풀무를 원래 자리에 돌려놓고 식어버린 차를 마셨다.

그러나 동료는 그로서는 드물게 그뒤에도 한참 동안 혼자 생각에 잠겨 있었다.

"왜 그래요?" 내가 물었다.

"어디에서 한번 난쟁이 이야기를 들은 적이 있는 것 같아." 그가 말했다.

"정말?" 나는 좀 놀라며 말했다.

"기억은 있는데, 어디서 들었는지 생각이 안 나."

"좀 생각해봐요."

"응." 동료는 그러고는 다시 생각에 잠겼다.

그가 난쟁이에 대한 기억을 간신히 떠올린 것은 세 시간 뒤, 이미 퇴근시간이 가까워졌을 때였다.

"그래." 그가 말했다. "맞아, 생각났어!"

"잘됐네요." 내가 말했다.

"제6공정소에 식모공植毛工 할아버지 있잖아. 왜, 흰머리가 어깨까지 길고, 이가 거의 다 빠진 할아버지. 혁명 전부터 이 공장에 있었다는……"

"네." 나는 말했다. 그 노인이라면 술집에서 몇 번인가 본 적이 있다.

"그 할아버지가 아주 오래전에 내게 그 난쟁이 이야기를 해준 적이 있어. 춤을 잘 추는 난쟁이 이야기. 그때는 그냥 노인네의 실없는 얘기겠거니 하고 대수롭잖게 들었는데, 자네 얘기를 듣고 보니 완전히 터무니없는 소린 아니었던 것 같아."

"어떤 이야기였는데요?" 나는 물어보았다.

"글쎄, 하도 오래전이라서……" 그는 팔짱을 끼고 다시 생각에 잠겼다. 그러나 그 이상은 아무것도 기억해내지 못했다. 한참 후 그는 천천히 몸을 일으키며 "더는 기억이 안 나"라고 말했다. "역시 자네가 직접 할아버지를 만나보고 자네 귀로 듣는 게 낫겠어."

나는 그러기로 했다.

작업 종료를 알리는 벨이 울리자마자 나는 제6공정소에 가보았지만, 이미 노인의 모습은 보이지 않았다. 여자애 둘만 바닥을 청소하고 있었다. 그중 마른 편인 여자아이가 "할아버지라면 아마 그 오래된 술집에 계실 거예요" 하고 가르쳐주었다. 술집에 가보니 역시나 노인은 그곳에 있었다. 그는 카운터 의자에 앉아 도시락 보따리를 옆에 놓고 허리를 쭉 편 채 술을 마시고 있었다.

그곳은 아주 오래된 술집이었다. 아주아주 오래되었다. 내가 태어나기 전부터, 혁명 전부터, 술집은 여기에 있었다. 몇 대에 걸친 코끼리 직인들이 여기서 술을 마시고 트럼프를 치고 노래를 불렀다. 벽에는 코끼리 공장의 옛날 사진들이 줄줄이 걸려 있었다. 초대 사장이 상아를 점검하는 사진, 공장을 방문한 옛날 옛적의 여배우 사진, 여름밤에 회식하는 사진 등등. 그러나 황제나 그 외의 황족이 찍힌 사진, 혹은 '제정적帝政的'으로 간주되는 사진은 전부 혁명군의 손에 불타버렸다. 그리고 물론 혁명군 사진이 걸려 있다. 코끼리 공장을 점거한 혁명군의 사진, 공장장을 달아맨 혁명군의 사진······

노인은 '상아를 닦는 세 명의 소년공'이라는 제목이 붙은 색 바랜 낡은 사진 아래 앉아 메카톨주를 마시고 있었다. 내가 인사를 하고 옆에 앉자 노인은 사진을 손가락으로 가리키며 말했다.

"이게 나야."

나는 그 사진을 유심히 들여다보았다. 세 명이 나란히 상아를 닦고 있는데 가장 오른쪽의 열두세 살쯤 된 소년의 얼굴이 아마도 노인의 어린 시절 모습인 듯했다. 말하지 않았다면 절대로 알아보지 못했겠지만, 듣고 보니 뾰족한 코며 밋밋한 입술이 비슷했다. 아마도 노인은 언제나 이 사진 밑에 앉아서 낯선 손님이 가게에 들어올 때마다 '이게 나야' 하고 가르쳐주는 모양이었다.

"아주 오래된 사진이군요." 나는 대화를 유도했다.

"혁명 전." 노인은 대수롭지 않다는 듯이 말했다. "혁명 전에는 나도 이런 어린아이였지. 모두 나이를 먹어. 자네도 역시 곧 나처럼 될 거야. 기대하게나."

노인은 그 말을 하며 치아가 반쯤 빠진 입을 크게 벌리고 침을 튀기며 헐헐 웃었다.

노인은 그러고 나서 한참 동안 혁명 무렵 얘기를 했다. 노인은 황제도 혁명군도 싫어했다. 나는 노인이 하고 싶은 만큼 실컷 이야기하도록 내버려두고는 틈을 봐서 메카톨주를 대접하며, 혹시 춤추는 난쟁이에 대해 아는 게 있느냐고 슬며시 말을 꺼내보았다.

"춤추는 난쟁이라." 노인은 말했다. "춤추는 난쟁이 이야기를 듣고 싶은가?"

"듣고 싶습니다." 나는 말했다.

노인은 내 눈을 빤히 바라보았다. "그건 왜?"

"누구한테 전해듣고 흥미를 갖게 됐습니다. 재미있을 것 같아서요." 나는 거짓말을 했다.

노인은 내 눈을 말똥말똥 들여다보더니 이윽고 주정뱅이 특유의 풀어진 눈으로 돌아왔다. "좋아." 노인이 말했다. "술도 얻어먹고 했으니 얘기해주지. 그러나." 노인은 내 얼굴 앞에서 손가락을 하나 세웠다. "다른 사람에게는 말하지 마. 혁명이 일어난지 꽤 오랜 세월이 흘렀지만, 춤추는 난쟁이만은 아직 사람들 앞에서 입 밖에 내면 안 되는 얘기야. 그러니까 남들한테는 말하지마. 내 이름도 말하지 마. 알겠지?"

"알겠습니다."

"술을 주문해줘. 그리고 칸막이가 있는 자리로 옮기지."

나는 메카톨주를 둘 주문하고 바텐더가 얘기를 듣지 않도록 테이블 석으로 옮겼다. 테이블 위에는 코끼리 모양을 한 녹색 스탠드가 놓여 있었다.

"혁명 전의 일인데, 북쪽 나라에서 난쟁이가 찾아왔어." 노인이 이야기를 시작했다. "난쟁이는 춤을 아주 잘 추었지. 아니, 그냥 잘 추는 정도가 아냐. 바로 춤 자체였어. 아무도 흉내낼 수 없을 거야. 바람이며 빛이며 냄새며 그림자며, 모든 것이 어우러져서 그것이 난쟁이 속에서 터져나왔어. 난쟁이에겐 그런 능력이 있었어. 그건…… 정말 대단했지."

몇 개 남은 노인의 앞니가 유리잔에 부딪혀 소리가 났다.

"할아버지는 실제로 그 춤을 본 적이 있으세요?" 내가 물었다.

"봤느냐고?" 노인은 내 얼굴을 지그시 바라보고는, 테이블 위에 양손을 쫙 펼쳤다. "물론 봤고말고. 매일 봤어. 매일 여기서 말이야."

"여기서요?"

"그래." 노인은 말했다. "여기서야. 여기서 매일 난쟁이가 춤을 췄어. 혁명 전에는."

노인의 이야기에 의하면 무일푼으로 이 나라에 흘러들어온 난쟁이는 코끼리 공장의 직공들이 모이는 이 술집에 들어와 허드렛일 같은 것을 했는데, 머지않아 춤 솜씨를 인정받아 무용수 대접을 받게 되었다. 젊은 여자의 춤을 기대했던 직공들은 처음에는 난쟁이의 춤에 대해 투덜투덜 불평을 했지만, 곧 모두 할말을 잃고 술잔을 든 채 난쟁이의 춤에 넋을 잃었다. 난쟁이의 춤은 다른 누구의 춤과도 달랐다. 한마디로 난쟁이의 춤이 관객의 마음속에 있지만 평소에는 쓰지 않는, 그런 것이 있는지조차 느끼지 못하는 어떤 감정을 백일하에—마치 생선의 내장을 빼내듯이—끄집어낸 것이다.

난쟁이는 이 술집에서 약 반년 동안 춤을 추었다. 술집은 언제나 손님으로 들끓었다. 모두 난쟁이의 춤을 보러 오는 손님들이었다. 손님들은 난쟁이의 춤을 보면서 한없는 행복에 잠기고, 한없는 비탄에 빠졌다. 난쟁이는 그 무렵부터 춤추는 것 하나로 사람들의 감정을 자유롭게 조종하는 법을 깨우치게 됐다.

이윽고 이 춤추는 난쟁이 이야기는 가까운 곳에 영지를 가진, 코끼리 공장과도 적잖은 친분이 있는 귀족 단장—그는 훗날 혁명군에게 잡혀서 산 채로 아교풀 통에 던져진다—의 귀에 들어갔고, 귀족 단장을 통해 젊은 황제의 귀에도 들어갔다. 음악을 좋아하는 황제는 난쟁이의 춤을 꼭 보고 싶다고 했다. 황실 문장이 들어간 수직유도선이 술집으로 파견되고, 근위병들이 정중하게 난쟁이를 궁정으로 모셔갔다. 술집 주인에게는 과분할 정도로 충분한 금액의 돈이 하사되었다. 술집 손님들은 투덜거렸지만 황제에게 불평을 한다고 뭐가 달라지는 것도 아니다. 그들은 포기하고 맥주나 메카톨주를 마시며, 다시 전처럼 젊은 여자의 춤을 보았다.

한편 난쟁이는 궁정에서 방을 하나 하사받아 그곳에서 시녀들이 그의 몸을 씻기고 그에게 비단옷을 입히고 황제 앞에서의 예법을 가르쳐주었다. 다음날 밤 난쟁이는 넓은 객실로 불려나갔다. 그곳에는 황제 직속 오케스트라가 대기하고 있다가 황제가 작곡한 폴카를 연주했다. 난쟁이는 폴카에 맞추어 춤을 추었다. 처음에는 음악에 몸을 물들이듯이 천천히, 그리고 조금씩 템포를 빨리하더니, 마침내는 회오리바람처럼 춤을 추었다. 사람들은 숨을 삼키고 난쟁이를 바라보았다. 누구도 입을 떼지 못했다.

몇 명인가의 귀부인은 실신해 쓰러졌다. 황제는 금분주金粉酒가 든 크리스털 잔을 저도 모르게 바닥에 떨어뜨렸지만, 누구 하나 잔이 깨지는 소리를 듣지 못했을 정도였다.

노인은 거기까지 얘기하더니 손에 들고 있던 술잔을 내려놓고 손등으로 입을 닦았다. 그리고 코끼리 모양 스탠드를 손가락으로 만지작거렸다. 나는 잠시 동안 노인이 다시 얘기를 꺼내기를 기다렸지만 노인은 좀처럼 입을 열지 않았다. 나는 바텐더를 불러 맥주와 메카톨주를 더 주문했다. 가게는 조금씩 붐비기 시작했고, 무대에서는 젊은 여가수가 기타줄을 조율하는 참이었다.

"그래서 어떻게 됐나요?" 내가 물었다.

"아아." 노인은 잊고 있었다는 듯이 말했다. "혁명이 일어나고, 황제가 살해되고, 난쟁이는 도망갔어."

나는 테이블에 팔꿈치를 짚고 두 손으로 잔을 껴안듯이 들고 맥주를 마시며 노인의 얼굴을 보았다. "난쟁이가 궁정에 들어가고 나서 곧 혁명이 일어난 건가요?"

"글쎄, 일 년쯤 되었을까?" 노인은 큰 소리로 트림을 했다.

"이해가 잘 안 가네요." 나는 말했다. "아까 할아버지는 난쟁이 얘기를 남들 앞에서 내놓고 할 수 없다고 하셨는데, 그건 어째서죠? 난쟁이와 혁명 사이에 무슨 관계가 있었다는 건가요?"

"글쎄, 그건 나도 잘 몰라. 다만 한 가지 확실한 것은, 혁명군이 혈안이 되어서 난쟁이의 행방을 찾았다는 거야. 그후 오랜 세월이 지나 혁명 같은 건 이제 옛날 얘기가 되어버렸지만, 그래도 놈들은 아직 그 춤추는 난쟁이를 찾고 있어. 그러나 난쟁이와 혁명 사이에 무슨 관계가 있는지는 몰라. 소문만 돌 뿐이야."

"어떤 소문이죠?"

노인은 난감한 표정을 지었다. "소문이라는 것은 어차피 소문이야. 사실 여부는 몰라. 그러나 소문에 따르면 난쟁이는 궁정에서 좋지 않은 힘을 썼다고 해. 그리고 그 탓에 혁명이 일어났다는 설을 제기하는 사람도 있었어. 내가 난쟁이에 대해 아는 것은 그것뿐이야. 그 이상은 아무것도 몰라."

노인은 후유 한숨을 쉬더니 단숨에 잔을 비웠다. 복숭앗빛 액체가 입술 끝으로 흘러내려 셔츠 안으로 뚝 떨어졌다.

그뒤로 난쟁이 꿈은 꾸지 않았다. 나는 매일 코끼리 공장에 다니며 변함없이 귀를 만들었다. 증기를 사용해 귀를 부드럽게 만든 뒤 프레스 해머로 납작하게 펴고, 재단하고, 배합물을 섞어서 다섯 배로 증량한 다음, 다 마르면 주름을 넣었다. 점심시간이 되면 나와 동료는 도시락을 먹으며 제8공정소에 새로 들어온 아가씨들 얘기를 했다.

코끼리 공장에는 꽤 많은 수의 여자들이 일하고 있다. 그녀들은 주로 신경계의 접속이나 봉제, 청소 등의 일을 한다. 우리는 틈만 나면 여자들 얘기를 한다. 여자애들도 틈만 나면 우리 얘기를 한다.

"엄청 예쁜 애야." 동료가 말했다. "모두 그애한테 눈독을 들이고 있어. 그렇지만 아직 아무도 성공 못 했대."

"그렇게 예쁘대요?" 나는 의심스러워하며 물었다. 소문만 듣고 일부러 찾아가보면 실제로는 별 인물 아니었던 적이 몇 번이나 있어서다. 이런 유의 소문은 믿을 만한 게 못 된다.

"소문이 아냐. 못 믿겠으면 지금 가서 보고 와도 돼. 보고도 미인이 아니라고 생각한다면 제6공정소에 가서 새 눈으로 갈아끼워오는 게 좋을 거야. 나도 마누라만 없었다면 어떻게든 꼬드기려고 발버둥쳤을 텐데." 동료가 말했다.

점심시간은 이미 끝났지만 우리 파트는 평소와 다름없이 한가로웠으므로, 나는 적당한 용무를 만들어 제8공정소에 가보기로 했다. 제8공정소에 가려면 긴 지하터널을 빠져나가야 한다. 터널 입구에는 수위가 있었지만, 나와 안면이 있는 사이여서 아무 말 하지 않고 통과시켜주었다.

터널을 나가면 강이 흐르고 거기서 조금 내려가면 제8공정소 건물이 있었다. 지붕도 굴뚝도 분홍색이었다. 제8공정소에서는 코끼리 발을 만든다. 나는 넉 달 전에 여기서 일한 적이 있어 사정을 잘 알고 있었다. 그러나 입구에 서 있는 수위는 처음 보는 낯선 얼굴이었다.

"무슨 일이죠?" 낯선 얼굴의 수위가 물었다. 아직 빳빳한 새 제복을 입은, 융통성 없어 보이는 녀석이었다.

"신경 케이블이 부족해서 빌리러 왔습니다." 나는 말하며 헛기침을 했다.

"이상하네." 그는 내 제복을 힐끔거렸다. "귀 부분과 다리 부분의 신경 케이블은 호환성이 없을 텐데."

"설명하자면 깁니다." 나는 말했다. "원래는 코를 만드는 곳에 가서 케이블을 빌리려고 했는데 그곳에 여분이 없었어요. 그런데 그쪽에서는 다리용 케이블이 부족하니 그걸 한 개 조달해주면 가는 케이블을 주겠다는 겁니다. 여기 연락을 했더니 마침 남는 게 있다기에 가지러 온 건데요."

그는 종이를 팔랑팔랑 넘겼다. "그렇지만 그런 얘기는 못 들었는데요. 부품을 이동하려면 사전 연락을 할 텐데."

"그거 이상하군요. 착오가 있었나보네요. 앞으로는 제대로 전달이 되도록 안의 친구들한테 잘 말해두죠."

수위는 한동안 구시렁거렸지만 내가 작업이 늦어져 위에서 뭐라고 하면 당신에게 책임을 묻겠다고 협박하자 투덜거리면서 안으로 들여보내주었다.

제8공정소—즉 다리를 만드는 작업장—는 납작하고 휑뎅그렁한 건물이다. 반지하이고 좁고 길며 바닥은 보슬보슬한 모래땅이다. 딱 눈높이쯤이 지면이고, 좁은 채광창이 붙어 있다. 천장에는 가동 레일이 둘러쳐져 있고 거기에 몇십 개의 코끼리 다리가 매달려 있다. 그것은 마치 코끼리 무리가 하늘에서 내려오는 것처럼 보였다.

작업장에는 전부 서른 명 정도의 남녀가 일하고 있었다. 건물 안은 어두컴컴하고 모두 모자를 쓰거나 마스크를 하거나 먼지막이용 안경을 끼고 있어 새로 들어온 아가씨가 어디 있는지 도무지 알 수 없었다. 그들 중 전에 같이 일하던 동료가 보여서 그에게 새로 온 아가씨가 누구냐고 물어보았다.

"15번 작업대에서 발톱을 붙이는 애야." 그가 가르쳐주었다. "하지만 꼬드겨볼 생각이라면 포기하는 게 좋아. 거북 등껍질처럼 단단하니까. 뭘 어쩔 틈이 없어."

"고마워." 내가 말했다.

15번 작업대에서 발톱을 붙이고 있는 여자애는 아주 날씬하고 중세 회화에 나오는 소녀 같았다.

"실례합니다." 내가 말을 걸자 그녀는 내 얼굴을 보고, 제복을 보고, 발 언저리를 보더니, 다시 얼굴을 보았다. 그리고 모자를 벗고 먼지막이용 안경을 벗었다. 확실히 대단한 미인이었다. 찰랑거리는 머리카락은 길고 눈동자는 바다처럼 깊었다.

"무슨 일이죠?" 여자애가 물었다.

"혹시 시간 있으면 내일 토요일 밤에 춤추러 가지 않을래요?" 나는 꼬드겨보았다.

"내일밤은 시간이 있고 춤추러 갈 생각이지만, 당신과는 가지 않을 거예요." 그녀가 말했다.

"누구하고 약속이 있나요?" 나는 물었다.

"약속 같은 건 없어요." 그녀가 말했다. 그리고 다시 모자를 쓰고 먼지막이용 안경을 끼더니 책상 위의 코끼리 발톱을 들고 발끝에 맞춰 치수를 쟀다. 발톱 폭이 약간 커서 그녀는 끌을 집어 재빨리 발톱을 깎아냈다.

"약속이 없다면 나와 함께 가요." 나는 말했다. "혼자보다는 일행이 있는 게 즐겁잖아요. 맛있는 저녁을 먹을 수 있는 식당도 아는데요."

"됐어요. 나는 혼자 춤추러 가고 싶어요. 댁도 춤을 추고 싶으면 가면 될 거 아녜요."

"갈 거예요." 내가 말했다.

"좋으실 대로." 그녀가 말했다. 그리고 나를 무시하고 다시 일을 시작했다. 그녀는 끌로 깎은 발톱을 발끝에 맞췄다. 이번에는 딱 알맞은 크기였다.

"신참치고 잘하네요." 내가 말했다.

그녀는 거기에 대해서는 아무 말도 하지 않았다.

그날 밤, 꿈속에 또 난쟁이가 나타났다. 이번에도 이게 꿈이라는 걸 이내 알았다. 난쟁이는 숲속 광장 한가운데 있는 통나무 위에 앉아서 담배를 피우고 있었다. 이번에는 플레이어도 레코드도 없었다. 난쟁이는 지친 얼굴이어서 처음 봤을 때보다 조금 늙어 보였지만, 그래도 혁명 전에 태어난 노인으로는 도저히 보이지 않았다. 느낌으로는 나보다 기껏 두세 살 많아 보이는 정도였지만 정확히는 알 수 없다. 난쟁이의 나이라는 건 좀처럼 감을 잡기 힘들다.

나는 딱히 할 일이 없었기 때문에 난쟁이 주변을 어슬렁거리며 걷다가 하늘을 올려다보다가 결국 난쟁이 옆에 앉았다. 잔뜩 흐린 하늘에 어두운 구름이 서쪽으로 흘러가고 있었다. 곧 비가 내려도 이상하지 않은 날씨다. 아마 그래서 난쟁이는 플레이어와 레코드를 비 맞지 않을 어딘가에 넣어두고 온 모양이다.

"안녕." 나는 난쟁이에게 말을 걸었다.

"안녕." 난쟁이가 대답했다.

"오늘은 춤 안 추나봐?" 내가 물었다.

"오늘은 춤 안 춰." 난쟁이가 대답했다.

춤을 추지 않을 때의 난쟁이는 약하디약해 보여 가엾은 느낌이 들었다. 과거에 궁정에서 권세를 자랑하던 인물로는 전혀 보이지 않는다.

"어디 안 좋아?" 내가 물었다.

"응." 난쟁이가 말했다. "기분이 안 좋아. 숲은 몹시 춥거든. 혼자 오래 살다보니까 몸에 여러 가지 이상이 생겨."

"큰일이군." 내가 말했다.

"활력이 필요해. 몸에 넘치는 새로운 활력 말이야. 언제까지고 춤을 계속 출 수 있고, 비에 젖어도 감기 걸리지 않고, 야산을 뛰어다닐 수 있는 새로운 활력 말이야. 그게 필요해."

"으응." 나는 말했다.

나와 난쟁이는 한동안 말없이 통나무 위에 나란히 앉아 있었다. 머리 위 높은 곳에서 나뭇가지가 바람에 울었다. 이따금 나뭇가지 사이로 거대한 나비들이 보였다 말았다 했다.

"그런데." 난쟁이가 말했다. "너 뭔가 내게 부탁이 있는 거 아냐?"

"부탁?" 나는 깜짝 놀라 되물었다. "무슨 소리야? 부탁이라니."

난쟁이는 나뭇가지를 주워 그 끝으로 땅바닥에 별 그림을 그렸다. "여자 말이야. 그 여자를 원하지?"

제8공정소에 있는 예쁜 아가씨 얘기였다. 어째서 난쟁이가 그것까지 알고 있는지 나는 놀랐다. 하긴 뭐, 꿈속에서는 여러 일들이 일어나는 법이다.

"그야 원하지. 그렇다고 너한테 부탁해서 어떻게 될 문제는 아니잖아. 내 힘으로 어떻게든 해봐야지."

"네 힘으로는 아무것도 안 돼."

"그런가." 나는 조금 욱해서 대답했다.

"그렇고말고. 아무것도 안 되지. 네가 아무리 화를 낸다 해도 안 되는 건 안 돼." 난쟁이가 말했다.

그럴지도 모른다, 나는 생각했다. 나는 어느 모로 보나 지극히 평범한 남자였다. 남들에게 자랑할 거리라고는 아무것도 없다. 돈도 없고, 잘생기지도 않았고, 말주변도 없다. 장점이라곤 없다. 성격은 그럭저럭 나쁘지 않고 일도 열심히 한다. 동료들과의 사이도 원만한 편이다. 몸도 튼튼하다. 그러나 젊은 여자가 한눈에 반할 만한 타입은 아니다. 그런 내가 그만한 미인을 쉽게 꼬드길 수 있을 것 같지도 않다.

"그렇지만 내가 잠깐 힘을 빌려주면 어떻게 될지도 몰라." 난쟁이는 가만히 속삭였다.

"어떤 힘?" 나는 호기심이 동해 물어보았다.

"춤이야. 그 여자는 춤을 좋아해. 그러니까 그 여자 앞에서 멋지게 춤을 추기만 하면 그 여자는 네 것이 될 거야. 넌 그다음부터 나무 밑에서 열매가 떨어지기만 기다리면 돼."

"네가 춤을 가르쳐주려고?"

"가르쳐줄 수도 있지." 난쟁이가 말했다. "하지만 하루이틀 배워봐야 소용없어. 매일 꼬박 배워도 최소한 반년은 해야 해. 그 정도 연습하지 않으면 사람의 마음을 사로잡을 수 있는 춤을 출 수 없어."

나는 실망해 고개를 저었다. "그럴 시간은 없어. 반년이나 기다리면 다른 남자가 먼저 채갈지도 몰라."

"언제 춤추러 가지?"

"내일." 나는 말했다. "내일 토요일 밤, 그녀는 무도장에 춤을 추러 가. 나도 갈 거야. 그래서 그녀에게 춤을 청해보겠어."

난쟁이는 나뭇가지로 땅바닥에 곧은 선을 몇 줄 그리고, 그 사이에 가로 줄을 그어 기묘한 도형을 그렸다. 나는 묵묵히 그 손의 움직임을 지켜보았다. 이윽고 난쟁이는 짧아진 담배를 뱉어 땅바닥에 버리고는 발로 비벼 껐다.

"방법이 없는 건 아냐. 만약 정말로 그녀를 원한다면." 난쟁이가 말했다. "원하지?"

"원해." 내가 말했다.

"어떤 방법인지 듣고 싶나?" 난쟁이가 물었다.

"들려줘." 내가 말했다.

"내가 네 몸속으로 들어가는 거야. 그리고 네 몸을 빌려 내가 춤을 추는 거야. 너라면 몸이 튼튼하고 힘도 있을 테니까, 충분히 출 수 있겠지."

"체력은 누구한테도 뒤지지 않아." 내가 말했다. "하지만 정말 가능한 일이야? 내 속에 들어가 춤을 춘다는 게?"

"가능하지. 그렇게만 하면 그 여자는 확실히 네 것이 돼. 보장할게. 그 여자만이 아니야. 어떤 여자든 다 네 것이야."

나는 입술에 침을 발랐다. 얘기가 너무 수월하다. 그러나 한번 몸속에 들어온 난쟁이가 두 번 다시 바깥으로 나가지 않는다면 결국 내 몸을 난쟁이에게 빼앗길 가능성도 충분하다. 아무리 여자애를 손에 넣기 위해서라지만 그렇게 되는 건 싫다.

"걱정되나보군." 난쟁이는 내 마음을 꿰뚫어보듯이 말했다. "몸을 빼앗기지 않을까 하고 말이야."

"너에 대한 여러 가지 소문을 들었거든." 나는 말했다.

"좋지 않은 소문이었겠지." 난쟁이가 말했다.

"음, 그렇지." 내가 말했다.

난쟁이는 다 안다는 표정으로 히죽거리며 웃었다. "그렇지만 걱정할 거 없어. 아무리 나라도 그렇게 간단하게 영원히 남의 몸을 빼앗을 수는 없으니까. 그렇게 하려면 계약이란 게 필요해.

즉 서로 합의해야 한다는 거야. 너, 영원히 몸을 빼앗기고 싶진 않겠지?"

"물론이지." 나는 몸서리를 치며 말했다.

"그러나 뭐 나로서도 완전 무상으로 너한테 힘을 빌려주는 건 아무래도 재미없어. 그래서 말인데." 난쟁이는 손가락을 하나 들었다. "한 가지 조건이 있어. 그렇게 어려운 건 아니지만, 어쨌든 조건이야."

"어떤?"

"내가 네 몸속에 들어가. 그리고 무도장에 가서 여자를 유혹하고 춤을 춰서 꼬드겨. 그래서 그녀를 네 것으로 만드는 거야. 그 동안 너는 한 마디도 입을 떼서는 안 돼. 여자를 완전히 네 것으로 만들기 전까지는. 소리를 내서도 안 돼. 그게 조건이야."

"그렇지만 말을 하지 않으면 여자를 꼬드길 수 없잖아." 나는 항의했다.

"아냐." 난쟁이가 고개를 저었다. "걱정하지 않아도 돼. 내 춤만 있으면 어떤 여자든 말없이도 넘어뜨릴 수 있어. 아무 문제 없어. 그러니까 무도장에 발을 들여놓고 나서부터 여자를 네 것으로 만들 때까지 절대 소리를 내서는 안 돼. 알았어?"

"만약 소리를 낸다면?" 내가 물었다.

"그때는 내가 네 몸을 가질 거야." 난쟁이는 천연덕스럽게 말

160

했다.

"만약 소리를 내지 않고 잘 통과한다면?"

"여자는 네 것이 되지. 난 네 몸에서 나와 숲으로 돌아오고."

나는 깊은 한숨을 내쉬며 어떻게 해야 좋을지 고민에 빠졌다. 난쟁이는 그동안 또 나뭇가지를 들고 이상한 도형을 땅바닥에 그리고 있었다. 나비가 한 마리 날아오더니 그 도형 한가운데서 멈췄다. 솔직히 나는 무서웠다. 내가 말을 안 하고 버틸 수 있을지 자신이 없었다. 그러나 그러지 않고서는 그 여자애를 안을 방법이 없다는 것도 알았다. 나는 제8공정소에서 코끼리 발톱을 다듬던 그녀의 모습을 떠올렸다. 어떻게 해서든 그녀를 손에 넣고 싶었다.

"하겠어." 내가 말했다. "해보겠어."

"결정." 난쟁이가 말했다.

무도장은 코끼리 공장 정문 옆에 있어서 토요일 밤만 되면 코끼리 공장의 젊은 직공과 여자들로 플로어가 몹시 붐빈다. 공장에서 일하는 독신 남녀가 거의 모두 이곳에 모인다. 그들은 여기서 춤을 추고, 술을 마시고, 아는 이들끼리 모여 대화를 한다. 연인들은 이윽고 숲속으로 모습을 감추고 서로를 껴안는다.

"오랜만인걸." 난쟁이가 내 몸속에서 감개무량한 듯이 말했다. "춤이란 건 이런 거야. 군중, 술, 빛, 땀내, 여자의 화장수 냄새. 정말 오랜만이야."

나는 사람들 사이를 헤집으며 그녀를 찾았다. 몇몇 지인들이 나를 발견하고 어깨를 툭 치며 말을 걸었다. 나도 빙그레 웃으며 인사를 건넸으나 말은 한 마디도 하지 않았다. 그러는 동안 오케스트라가 연주를 시작했지만 그녀의 모습은 아직 보이지 않았다.

"서두를 것 없어. 밤은 기니까. 중요한 건 이제부터야." 난쟁이가 말했다.

원형 플로어는 동력장치에 의해 천천히 회전하고 있었다. 플로어를 한 바퀴 둘러싸듯이 좌석이 놓여 있다. 높은 천장에는 큰 샹들리에가 드리워 있고, 정성스레 닦아놓은 댄스 플로어는 마치 빙판처럼 반짝거리며 그 빛을 반사했다. 플로어 왼쪽은 스포츠 경기장 관객석처럼 높이 올라가 있고 밴드 스탠드가 있었다. 밴드 스탠드에는 두 팀의 풀 오케스트라가 삼십 분마다 교대하며 밤새도록 쉼 없이 멋지고 화려한 댄스음악을 연주했다. 오른쪽 밴드는 화려한 투 드럼으로 모두 가슴에 빨간 코끼리 마크를 달고 있었다. 왼쪽 밴드의 자랑은 나란히 늘어선 열 개의 트롬본으로, 이들은 녹색 코끼리 마크를 달고 있었다.

나는 의자에 앉아 맥주를 주문한 뒤 넥타이를 느슨하게 풀고 담배를 피웠다. 요금제 댄스걸이 번갈아 내 테이블로 다가와 "어머, 멋진 오빠, 춤 한번 줘요" 하며 유혹했지만 상대하지 않았다.
나는 턱을 괴고 맥주로 목을 축이며 그녀가 나타나기만을 기다
렸다. 그러나 한 시간이 지나도 그녀는 오지 않았다. 왈츠며 폭
스트롯이며 드럼 배틀과 트럼펫 하이노트가 무도장 플로어를 무
심히 지나갔다. 어쩌면 그녀는 처음부터 춤추러 올 생각도 없었
으면서 그저 나를 놀린 것인지 모른다. 그런 생각이 들었다.

"괜찮아." 난쟁이가 속삭였다 "꼭 올 테니까 느긋하게 준비하
고 있어."

그녀가 무도장 입구에 모습을 드러낸 것은 시곗바늘이 아홉
시를 지났을 때였다. 그녀는 반짝반짝 빛나는 타이트한 원피스
에 검은 하이힐을 신고 있었다. 무도장 전체가 뿌옇게 흐려져 어
딘가로 사라져버릴 정도로 빛나고 섹시했다. 몇 명의 젊은 남자
들이 눈치 빠르게 그녀의 모습을 발견하고 에스코트를 신청했지
만, 그녀는 가볍게 거절했다.

나는 천천히 맥주를 마시면서 그녀의 움직임을 눈으로 좇았
다. 그녀는 플로어를 사이에 두고 내 건너편 테이블에 앉아 빨간
색 칵테일을 주문한 뒤 가늘고 긴 담배에 불을 붙였다. 칵테일에
는 거의 입도 대지 않았다. 그녀는 담배를 한 개비 다 피우더니
비벼 끄고 일어나서, 마치 다이빙대에라도 올라가는 듯한 포즈
로 천천히 댄스 플로어로 걸어나갔다.

그녀는 누구와도 손잡지 않고 혼자 춤을 추었다. 오케스트라는 탱고를 연주했다. 그녀는 멋지게 탱고를 췄다. 곁에서 보기만 해도 넋을 잃을 것 같은 춤이었다. 그녀가 몸을 굽히자 길게 웨이브 진 검은 머리칼이 바람처럼 플로어에서 춤을 추고, 가느다란 흰 손가락이 공기의 현을 가볍게 퉁겼다. 그녀는 아무런 거리낌 없이, 혼자서, 자신을 위해 춤을 추었다. 한참을 보고 있자니 마치 꿈의 연장처럼 느껴졌다. 그래서 내 머리는 약간 혼란스러워졌다. 만약 내가 하나의 꿈을 위해 다른 꿈을 이용하고 있는 거라면, 진정한 나는 대체 어디에 있는 것인가.

"저 아가씨 춤을 아주 잘 추는군." 난쟁이가 말했다. "상대가 저 아가씨라면 추는 보람이 있겠는걸. 슬슬 나가보자."

나는 거의 무의식중에 테이블에서 일어나 댄스 플로어로 걸어나갔다. 그리고 남자 몇 명을 젖히며 앞으로 나가 그녀 옆에 서서 구두 뒤축을 나란히 맞춰 지금부터 춤을 출 거라는 걸 모두에게 알렸다. 그녀가 춤을 추면서 내 얼굴을 흘긋 보았다. 나는 빙그레 웃어주었다. 그녀는 무시하고 혼자서 계속 춤을 추었다.

나는 처음에는 천천히 춤을 췄다. 그리고 조금씩 속도를 올리다가 마침내 회오리바람처럼 춤추었다. 내 몸은 이미 내 몸이 아니었다. 내 손과 발과 목은 내 의지와 관계없이 자유롭게 댄스 플로어 위를 날아다녔다. 그렇게 춤에 몸을 맡기면서 나는 별의

운행이며 밀물과 썰물의 흐름이며 바람의 움직임을 또렷이 읽어낼 수 있었다. 춤이란 이런 것이구나 하는 생각이 들었다. 나는 발을 내딛고, 팔을 휘두르고, 고개를 흔들고, 빙글빙글 돌았다. 돌 때마다 머릿속에서 하얀 빛의 방울이 튕겨나왔다.

여자는 나를 돌아보았다. 그녀는 내게 맞추어 빙그르르 돌며 스텝을 밟았다. 그녀 안에서도 빛이 뿜어져나오는 게 느껴졌다. 나는 정말 행복한 기분이었다. 그런 기분은 태어나서 처음이었다.

"어때, 코끼리 공장 같은 데서 일하는 것보다 훨씬 즐겁지?" 난쟁이가 말했다.

나는 아무 대답도 할 수 없었다. 입이 바싹 말라서 소리를 내려고 해도 나오지 않았다.

우리는 몇 시간이고 계속해서 춤을 추었다. 내가 춤을 리드하고 그녀가 따라왔다. 영원처럼 느껴지는 시간이었다. 이윽고 그녀가 기진맥진한 모습으로 춤을 멈추고 내 팔을 잡았다. 나도— 아니면 난쟁이라고 해야 할까—춤을 멈췄다. 그리고 플로어 한가운데서 우리는 우뚝 선 채 멍하니 서로의 얼굴을 바라보았다. 그녀는 몸을 구부려 검은 하이힐을 벗고, 그것을 손에 들고서 한번 더 내 얼굴을 보았다.

우리는 무도장을 나와 강을 따라 걸었다. 나는 차가 없었기 때문에 한없이 터덜터덜 걷는 수밖에 없었다. 길은 어느덧 완만한 언덕길로 바뀌고, 주위는 밤에 피는 하얀 꽃 향기로 뒤덮였다. 뒤를 돌아보자 공장 건물이 거뭇거뭇하게 눈 아래로 펼쳐져 있었다. 무도장에서는 노란 불빛과 오케스트라가 연주하는 점프 넘버가 꽃가루처럼 주변에 흘러넘쳤다. 바람은 부드러웠고, 달빛이 그녀의 머리에 촉촉한 빛을 던졌다.

그녀도 나도 전혀 입을 열지 않았다. 춤춘 뒤에는 아무 말도 할 필요가 없었다. 그녀는 마치 길안내를 받는 맹인처럼 줄곧 내 팔꿈치를 잡고 있었다.

언덕길을 다 올라가자 넓은 초원이 나왔다. 소나무숲으로 둘러싸인 초원은 마치 고요한 호수 같았다. 허리 높이까지 고르게 자란 부드러운 풀이 밤바람에 나부끼며 춤추듯 흔들렸다. 곳곳에 빛나는 꽃잎을 가진 꽃들이 머리를 내밀어 벌레를 부르고 있었다.

나는 그녀의 어깨를 안고 초원 한가운데까지 걸어가, 아무 말도 없이 그녀를 그곳에 쓰러뜨렸다. "정말 말이 없네요." 그녀는 웃으며 하이힐을 아무렇게나 던져버리고 내 목에 양팔을 둘렀다. 나는 그녀의 입술에 키스한 후 몸을 떼어 다시 한번 그녀의 얼굴을 바라보았다. 그녀는 꿈처럼 아름다웠다. 그녀를 이렇게 안을 수 있다니, 스스로도 도저히 믿을 수가 없었다. 그녀는 눈을 감고 나의 키스를 가만히 기다리는 듯했다.

그녀의 얼굴이 바뀌기 시작한 것은 그때였다. 처음에는 콧구멍에서 통통하게 살진 하얀 무언가가 기어나오는 것이 보였다. 구더기였다. 이제껏 본 적이 없을 정도로 거대한 구더기였다. 양쪽 콧구멍에서 구더기는 자꾸자꾸 기어나오고, 토할 것 같은 죽음의 냄새가 돌연 주위를 뒤덮었다. 구더기는 입술에서 목으로 굴러떨어지기도 하고, 어떤 것은 눈을 지나 머리카락 속으로 파고들었다. 코의 피부가 주르륵 벗겨지자 그 안의 녹아 흐물흐물해진 살덩이가 주위로 흘러내리더니, 결국엔 어두운 구멍 두 개만이 남았다. 구더기 무리는 거기서도 기어나와 부패된 살덩이와 뒤섞였다.

두 눈에서 고름이 철철 흘러내렸다. 안구가 고름에 잠겨 두세 번 부자연스럽게 꿈틀꿈틀 떨리더니 얼굴 양옆으로 툭 떨어졌다. 그 안의 눈구멍 속에는 마치 하얀 실타래같이 구더기가 엉켜 있었다. 썩은 뇌수에는 구더기들이 득실득실했다. 혀는 거대한 민달팽이처럼 입술에 늘어져 있다가 짓물러 녹아내렸다. 잇몸은 녹아버리고, 하얀 이들은 쑥쑥 빠졌다. 마침내 입 자체가 다 녹아버렸다. 모근에서 피가 뿜어져나오고, 털이 한 올 한 올 다 빠져버렸다. 흐물흐물해진 두피를 뚫고 여기저기서 구더기들이 얼굴을 내밀었다. 그래도 여자는 내 등에 두른 팔의 힘을 빼지 않왔다. 나는 여자의 팔을 뿌리치지도 못하고, 얼굴을 돌리지도 못하고, 눈을 감지도 못했다. 위장에서 어떤 덩어리가 목구멍까지 치밀어올라왔지만 토해낼 수도 없었다. 온몸의 피부가 전부 벗겨지는 느낌이었다. 귓가에서 난쟁이의 웃음소리가 들렸다.

여자의 얼굴은 끝없이 녹아내렸다. 어느새 근육이 뒤틀린 듯 턱뼈가 어긋나 빠끔히 벌어졌고, 그 결과 풀 같은 살과 고름과 구더기 덩어리가 주위에 온통 떨어져 범벅이 됐다.

나는 비명을 지르려고 힘껏 숨을 들이쉬었다. 누구라도 좋으니 이 지옥에서 끄집어내주길 바랐다. 그러나 나는 결국 소리치지 않았다. 거의 직관적으로 이런 일이 실체로 일어날 리가 없다고 생각했다. 나는 그렇게 느꼈다. 이것은 난쟁이가 벌이는 단순한 속임수다. 난쟁이는 내게 소리를 지르게 하려는 것이다. 내가 한 번이라도 소리를 내면 내 몸은 영원히 난쟁이의 것이 되어버린다. 그게 바로 난쟁이가 원하는 바다.

나는 마음을 단단히 먹고 눈을 감았다. 이번에는 아무 저항 없이 눈을 감을 수 있었다. 눈을 감자 초원을 스치는 바람 소리가 들려왔다. 등에 박혀 있는 여자의 손가락이 느껴졌다. 나는 큰맘 먹고 여자의 몸에 팔을 두르고 내 쪽으로 끌어당겨, 그 부패한 살덩이에서, 예전에 입이 있었다고 생각되는 곳에 입술을 갖다 댔다. 흐물흐물한 살점, 꿈틀꿈틀대는 구더기 덩어리가 내 얼굴에 닿고 참을 수 없는 악취가 콧속으로 파고들었다. 그러나 극히 한순간의 일이었다. 눈을 떴을 때, 나는 원래의 아름다운 여자와 입맞춤을 나누고 있었다. 부드러운 달빛이 그녀의 복숭앗빛 뺨 위에서 빛났다. 나는 내가 난쟁이를 이겼음을 깨달았다. 나는 끝내 한 마디도 하지 않고 모든 것을 해낸 것이다.

"너의 승리야." 난쟁이는 축 처진 목소리로 말했다. "여자는 네 거야. 나는 나간다."

그리고 난쟁이는 내 몸에서 빠져나갔다.

"그러나 이걸로 끝난 건 아냐." 난쟁이는 말을 이었다. "넌 몇 번이고 이길 수가 있어. 그러나 지는 건 단 한 번이야. 네가 한 번 지면 모든 것은 끝난다. 그리고 넌 언젠가 반드시 진다. 그걸로 끝이야. 알겠어? 나는 그걸 계속 기다릴 거야."

"왜 하필 나야?" 나는 난쟁이를 향해 소리쳤다. "왜 다른 누군가가 아니고 나냐고!"

그러나 난쟁이는 대답하지 않았다. 웃기만 할 뿐이었다. 난쟁이의 웃음소리는 한동안 주위를 떠돌더니, 이내 바람에 섞여 사라졌다.

결과적으로 난쟁이의 말은 옳았다. 나는 지금 경찰에 쫓기고 있다. 무도장에서 내 춤을 본 누군가—그 노인일지도 모른다—

가 당국에 출두해 내 몸에 춤추는 난쟁이가 들어와 춤을 추었다고 신고를 한 것이다. 경찰은 내 일거수일투족을 감시하는 한편, 내 주변의 여러 사람들을 불러다 철저히 심문을 했다. 내가 언젠가 난쟁이 얘기를 한 적이 있었다고 동료가 증언했다. 내게 체포 영장이 나왔다. 경찰들이 와서 공장을 포위했다. 제8공정소의 미인 아가씨가 내 작업장으로 찾아와서 살짝 알려주었다. 나는 작업장을 뛰쳐나와 완성된 코끼리를 저장해두는 풀에 뛰어들어, 그중 한 마리의 등에 올라타 숲으로 달아났다. 그러다 경찰관 몇 명인가를 밟아 뭉갰다.

그렇게 해서 나는 지금 한 달 가까이 숲에서 숲, 산에서 산으로 도망다니고 있다. 나무 열매를 먹고, 벌레를 먹고, 강물을 마시며 목숨을 이어가고 있다. 그러나 경찰의 수는 많다. 그들은 언젠가 나를 붙잡을 것이다. 그들은 나를 붙잡으면 혁명의 이름 아래 원치에 꽁꽁 묶어 갈기갈기 찢어 죽일 거라고 한다. 그렇다.

난쟁이는 매일 밤 꿈에 나타나 내 몸속에 들어가게 해달라고 말한다.

"적어도 경찰에게 잡혀서 능지처참은 안 당할 거야." 난쟁이는 말한다.

"그 대신 영원히 숲속에서 춤을 추게 되겠지?" 나는 묻는다.

"당연하지." 난쟁이는 말한다. "어느 쪽을 선택하는가는 네가 직접 결정할 일이야."

그렇게 말하면서 난쟁이는 킬킬 웃는다. 하지만 나는 어느 쪽
도 선택할 수 없다.

개 짖는 소리가 들린다. 여러 마리의 개가 짖는 소리다. 그들
은 바로 저기까지 와 있다.

세 가지의 독일 환상

1. 겨울 박물관으로서의 포르노그래피

섹스, 성행위, 성교, 교합, 그 밖의 뭐라도 좋지만, 그런 말, 행위, 현상에서 내가 상상하는 것은 언제나 겨울 박물관이다.

―겨울 · 박물관―

물론 섹스에서 겨울 박물관에 이르기까지는 적잖은 거리가 있다. 지하철을 몇 번 갈아타고, 빌딩 지하를 빠져나가고, 어딘가에서 계절을 다시 보내는 등의 번거로움도 있다. 그러나 그런 번거로움은 처음 몇 번뿐이고, 그 의식 회로의 코스를 한번 숙달하면 누구라도 눈 깜짝할 사이에 겨울 박물관에 도달할 수 있다.

거짓말이 아니라 정말 그렇다.

섹스가 거리의 화제가 되고 교접의 신음 소리가 어둠을 채울 때, 나는 언제나 겨울 박물관의 현관에 서 있다. 나는 모자를 모자걸이에 걸고, 코트를 옷걸이에 걸고, 장갑을 책상 구석에 포개놓고, 그리고 아직 목도리를 두르고 있음을 깨닫고 풀어서 코트 위에 걸쳐놓는다.

겨울 박물관은 결코 큰 규모의 박물관이 아니다. 컬렉션이나 분류나 운영 요령이나, 처음부터 끝까지 그야말로 개인 수준이다. 무엇보다 이곳에는 일관된 콘셉트란 것이 없다. 이집트의 아누비스 신 조각상이 있는가 하면 나폴레옹 3세가 썼던 각도기도 있고, 사해死海의 동굴에서 발견된 고대의 방울이 있기도 하다. 그러나 그것뿐이다. 그런 것들 하나하나는 어떤 것과도 이어져 있지 않다. 마치 굶주림과 추위에 단단히 목덜미를 잡힌 고아들처럼, 그들은 진열장 안에 웅크리고 앉아 눈을 꼭 감고 있다.

박물관 안은 아주 조용하다. 개관시간까지는 아직 약간의 여유가 있다. 나는 책상 서랍에서 나비 모양 쇠붙이를 꺼내, 그걸로 현관 옆에 놓인 기둥시계의 태엽을 감는다. 그리고 바늘을 정확한 시각에 맞춘다. 나는—나의 착각이 아니라면—이 박물관에서 일하고 있는 것이다.

고요한 아침햇살과 은밀한 성행위의 예감이, 평소와 다름없이 녹은 아몬드처럼 박물관 공기를 지배하고 있다.

176

나는 관내를 둘러보며 창의 커튼을 걷고 스팀 히터의 마개를 전부 열어놓는다. 그리고 유료 팸플릿을 가지런히 정리해 입구 책상 위에 쌓아놓는다. 필요한 전등 콘센트도 세팅해놓는다. 베르사유 궁전의 미니어처를 예로 들면 A6 버튼을 누르면 왕의 거실의 전등이 켜진다든가 하는 그런 것이다. 냉각기의 상태도 확인해본다. 유럽늑대의 박제를 아이들 손이 닿지 않도록 조금 안으로 밀어넣어둔다. 세면실의 물비누를 보충한다. 그 정도 작업은 새삼 일일이 순서를 떠올리거나 생각하지 않아도 몸이 저절로 움직여 끝마친다. 나는 누가 뭐래도, 그러니까, 잘 설명 못하겠지만, 나 자신인 것이다.

그다음에 나는 작은 주방에 들어가 이를 닦고, 냉장고에서 우유를 꺼내 소스 팬에 부어 전기풍로 위에서 데운다. 물론 전기풍로며 냉장고며 칫솔 같은 것들은 유서 있는 것들이 아니라 근처 전파사나 잡화점에서 사온 것들이지만, 박물관 안에서는 그런 것조차 어딘가 박물관적으로 보인다. 우유조차 고대의 소에서 짜낸 고대의 우유처럼 보인다. 나는 가끔 헷갈리고 마는데, 이건 박물관이 일상을 침식하고 있다고 해야 할까, 아니면 일상이 박물관을 침식하고 있다고 해야 할까.

우유가 데워지면 나는 책상 앞에 걸터앉아 우유를 마시면서 우편함에 쌓인 편지들을 뜯어서 읽는다. 편지는 세 가지로 분류

된다. 하나는 수도요금 청구서, 고고학회 회보, 그리스 영사관 전화번호 변경 통지 같은 사무적인 편지이고, 다른 하나는 박물관에 다녀간 사람들이 보내는 여러 가지 감상과 불평, 격려, 제안의 편지다. 사람들은 참으로 별의별 걸 다 생각하는 것 같다. 어쨌거나 아주 옛날 일이지 않은가. 메소포타미아의 관 옆에 후한後漢 시대의 술잔이 있다고 해서 그들에게 무슨 불편함을 초래하느냐 말이다. 박물관 측이 더는 곤혹스러워하거나 혼란스러워하지 않는다면 사람들은 대체 어디에 그런 요구를 할 생각일까?

나는 그런 두 종류의 편지를 각각의 서류함에 무미건조하게 던져넣고, 책상 서랍에서 쿠키 상자를 꺼내 쿠키 세 개를 먹으며 남은 우유를 마신다. 그리고 마지막 편지를 개봉한다. 마지막 편지는 박물관 주인에게서 온 것으로, 내용은 아주 간결하다. 달걀색 아트지에 검은 잉크로 지시 사항이 적혀 있다.

① 36번 항아리를 포장하여 창고에 넣는다.

② 그 대신 A52의 조각상 대좌(조각상은 없음)를 스페이스 Q21에 전시한다.

③ 스페이스 76의 전구를 새것으로 교환.

④ 다음달 휴관일을 입구에 명시해둘 것.

나는 물론 지시에 따른다. 36번 항아리를 캔버스 천으로 싸서 안에 넣어두고, 그 대신 A52의 지독히 무거운 대좌를 죽을힘을 다해 끄집어낸다. 의자에 올라가 스페이스 76의 전구를 새것으로 갈아끼운다. 대좌는 무거운 데 비해 그다지 눈에 띄지 않았고 36번 항아리는 관객에게 호평이었고 전구는 아직 새거나 다름없었지만, 그건 일일이 내가 의견을 말할 수 있는 종류의 일이 아니었다. 나는 시키는 대로 하고 우유 잔과 쿠키 상자를 정리했다. 개관시간이 다가왔다.

나는 세면실 거울 앞에서 머리를 빗고, 넥타이의 매듭을 고치고, 페니스가 제대로 발기해 있음을 확인했다. 문제는 아무것도 없었다.

☆ 36번 항아리
☆ A52 대좌
☆ 전구
☆ 발기

섹스가, 밀물처럼 박물관 문을 두들긴다. 기둥시계의 바늘이 오전 열한시의 예각을 그린다. 겨울 햇살은 바닥을 훑듯이 낮게 방 한가운데까지 들어와 있다. 나는 천천히 플로어를 가로질러

빗장을 벗기고 문을 연다. 문을 여는 순간 모든 것이 변한다. 루이 14세의 거실 등이 켜지고, 소스 팬은 더는 온기를 잃지 않고, 36번 항아리는 은밀한 젤리 상태의 잠 속으로 빠져든다. 내 머리 위에서는 성미 급한 남자 몇 명이 둥그런 모양으로 구두 소리를 울려대고 있다.

　나는 누구를 이해하는 것도 멈춘다.

　누군가가 문 앞에 서 있는 것이 보인다. 그러나 그런 것은 아무래도 좋고, 문 앞이 어떻든 상관없다. 왜냐하면 나는 섹스를 생각하면 언제나 겨울 박물관에 있고, 우리는 모두 그곳에 고아처럼 웅크리고 앉아 온기를 구하고 있기 때문이다. 소스 팬은 주방에, 쿠키 상자는 서랍에, 그리고 나는 겨울 박물관에 있다.

2. 헤르만 괴링 요새 1983

헤르만 괴링은 베를린 언덕을 파내어 거대한 요새를 구축하면서 대체 무슨 생각을 했을까? 그는 말 그대로 언덕을 통째로 파내어 그 내부를 콘크리트로 견고하게 발라버렸다. 그것은 마치 불길한 흰개미 탑처럼 해질녘의 어슴푸레한 어둠 속에 우뚝 솟아 있었다. 가파른 경사면을 기어올라가 요새 정상에 서자 불이 켜지기 시작한 동베를린 시가지가 한눈에 내려다보였다. 사방팔방에 구축된 포대는 수도로 닥쳐올 적군의 모습을 포착해 격파했을 것이다. 어떤 폭격기도 그 요새의 두터운 장갑裝甲을 파괴하지 못하고, 어떤 탱크도 그곳까지 올라가지 못했을 것이다.

요새 내부에는 이천 명의 SS 전투부대가 몇 개월씩 틀어박혀 지낼 수 있을 만큼의 식량과 음료수와 탄약이 상비되어 있었다. 비밀 지하도가 미로처럼 엉켜 있고, 거대한 에어컨이 신선한 대기를 요새 안으로 보내주었다. 설령 러시아군과 영미 연합군이 수도를 포위한다 해도 우리는 지지 않는다, 헤르만 괴링은 호언했다. 우리는 난공불락의 요새 속에 살고 있다, 라고.

그러나 1945년 봄 러시아군이 계절의 마지막 블리자드 같은 모습으로 베를린 시가지에 쳐들어왔을 때, 헤르만 괴링 요새는 가만히 침묵을 지키고 있었다. 러시아군은 지하도를 화염 방사로 태우고, 고성능 폭탄을 장치해 요새의 존재 자체를 소멸시키려 했다. 그러나 요새는 소멸되지 않았다. 콘크리트 벽에 금이 갔을 뿐이다.

"러시아인의 폭탄으로 헤르만 괴링 요새를 무너뜨릴 수는 없어요." 그 동독인 청년은 웃으면서 말했다. "러시아인이 부술 수 있는 건 스탈린의 동상 정도일걸요."

그는 동베를린 거리를 몇 시간에 걸쳐 구석구석 걸어다니며 1945년 베를린 전투의 흔적을 일일이 내게 보여주었다. 어떤 이유로 내가 베를린 전적지에 관심이 있다고 생각했는지 전혀 알 수 없었지만 그는 놀랄 만큼 열심이었고, 새삼스럽게 내가 원하는 바를 설명하기도 뭣해서 나는 그가 이끄는 대로 오후 내내 거리를 돌아다녔다. 그와 나는 그날 점심때 텔레비전 타워* 근처의 카페테리아에서 우연히 알게 된 사이였다.

그러나 어쨌든 그는 참으로 요령 있게 안내를 잘해주었다. 그의 뒤를 따라 동베를린 전적지를 찾아 걸어다니다보니 마치 수개월 전에 전쟁이 있었다고 해도 믿을 것 같은 기분이 들었다. 온 거리에 탄환 자국이 그대로 남아 있었다.

"여기 좀 보세요." 그가 그런 탄환 자국 하나를 가리킨다. "러시아군과 독일군의 탄환은 금방 구분할 수 있죠. 마치 벽을 깨부술 듯이 예리한 모양이 독일군 탄환이고, 쑥 들어가 있는 것이 러시아군의 것이에요. 생긴 것부터 이렇게 달라요, 유 노."

그는 요 며칠간 내가 만난 동베를린 시민 가운데 가장 알아듣기 쉬운 영어를 썼다.

"영어를 참 잘하시는군요." 나는 칭찬했다.

"한동안 배를 탔거든요." 그는 말했다. "쿠바에도 갔고, 아프리카에도 갔죠. 흑해에도 오래 있었고요. 그래서 영어를 배웠어요. 지금은 건축기사를 하고 있지만."

헤르만 괴링 요새의 언덕을 내려가 다시 얼마 동안 밤거리를 걸어다닌 우리는 운터 덴 린덴 거리에 있는 오래된 맥줏집에 들

---

* 동베를린에서 가장 높은 건물로, 365미터의 텔레비전 송신탑이다.

어갔다. 금요일 밤인 탓인지 맥줏집은 몹시 붐볐다.

"여기는 닭 요리가 유명해요." 그가 말했다. 그래서 나는 쌀을 곁들인 닭 요리와 맥주를 주문했다. 닭은 나쁘지 않았으며 맥주도 맛있었다. 홀은 따뜻했고 술렁거리는 분위기도 기분좋았다.

우리 테이블의 웨이트리스는 킴 칸스를 빼다박은 대단한 미인이었다. 흰빛이 도는 블론드 머리와 파란 눈에 허리가 잘록하고 웃는 얼굴이 귀여웠다. 그녀는 거대한 페니스를 찬양하는 듯한 모습으로 맥주잔을 끌어안고 우리 테이블로 가져왔다. 그녀를 보니 도쿄에서 알고 지내던 한 여자가 생각났다. 얼굴이 닮은 것도 아니고 다른 뭐가 비슷한 것도 아닌데 그 두 사람은 어딘가에서 조용히 연결되었다. 아마 헤르만 괴링 요새의 잔상이 그녀들을 미궁의 어둠 속에서 스치게 한 듯했다.

우리는 이미 상당량의 맥주를 마셨다. 시계는 열시 가까이를 가리키고 있다. 나는 밤 열두시까지 프리드리히 슈트라세의 S반역으로 돌아가야 한다. 동독 체제 비자가 열두시로 끝나기 때문에, 거기서 일 분이라도 지나면 몹시 성가신 일들을 겪게 된다.

"교외로 나가면 격렬한 전투 흔적이 남은 곳이 있답니다." 그가 말했다.

나는 넋을 놓고 웨이트리스를 바라보고 있다가 청년의 말을 알아듣지 못했다.

"익스큐즈 미?"

그가 되풀이해 말했다.

"SS와 러시아군의 탱크가 정면으로 맞닥뜨렸는데요. 사실상 이것이 베를린 전투의 고비가 되었죠. 철도 조차장 자리인데, 그게 지금까지 그대로 남아 있답니다. 부서진 탱크 조각 같은 게요. 친구 차를 빌리면 당장이라도 갈 수 있는데."

나는 청년의 얼굴을 보았다. 갸름한 얼굴의 그는 회색 코듀로이 상의를 입고 양손을 테이블 위에 올려놓고 있었다. 그의 손가락은 길고 매끈해 선원의 손가락처럼 보이지 않는다. 나는 고개를 저었다. "열한시까지 프리드리히 슈트라세 역에 도착해야 합니다. 비자가 만료되거든요."

"내일은 어때요?"

"내일은 점심 전에 뉘른베르크로 떠나야 해요." 나는 거짓말을 했다.

청년은 조금 실망한 표정이었다. 무척 지친 기색이 그의 표정을 얼핏 가로질렀다.

"내일이라면 내 여자친구와 그녀의 여자 친구들이 함께 갈 수 있을 텐데." 그는 변명하듯이 말한다.

"유감이군요." 나는 말했다. 뜨뜻미지근한 손이 내 몸속의 신경 다발을 움켜쥐고 있는 듯한 느낌이 든다. 어떻게 하면 좋을지

모르겠다. 나는 이 기묘한 탄환 자국투성이의 거리 한가운데서
완전히 곤란에 빠졌다. 그러나 곧 그 뜨뜻미지근한 손은 밀물이
빠져나가듯이 천천히 내 몸속에서 떠나갔다.

"그렇지만 헤르만 괴링 요새는 정말 대단했죠?" 청년이 말하
며 조용히 미소지었다. "사십 년이 지났는데도 아무도 그걸 부수
지 못했어요."

운터 덴 린덴 거리와 프리드리히 슈트라세가 만나는 교차로에
서니 여러 가지를 시원스럽게 둘러볼 수 있었다. 북쪽으로 S반
역, 남쪽으로 체크포인트 찰리*, 서쪽으로 브란덴부르크 문, 동쪽
으로 텔레비전 타워.

"걱정 마요." 청년은 나를 보고 말했다. "여기서는 천천히 걸
어도 십오 분이면 S반 역에 도착할 수 있습니다. 괜찮죠?"

내 손목시계는 열한시 십분을 가리키고 있다. "괜찮아요." 나
는 나 자신에게 타이르듯이 말했다. 그리고 우리는 악수를 했다.

"조차장으로 안내하지 못해서 유감이군요. 그리고 여자애들
도요."

"그러게요." 나도 동조해주었다. 그러나 대체 그는 뭐가 유감

---

* 베를린 장벽에 있었던 검문소.

이라는 걸까.

　나는 혼자 프리드리히 슈트라세를 따라 북쪽으로 걸어가면서, 1945년 봄에 헤르만 괴링이 무슨 생각을 했는지 상상해본다. 그러나 1945년 봄 천년왕국의 원수가 무슨 생각을 했는지, 그런 건 결국 아무도 모르는 것이다. 그가 사랑했던 아름다운 하인켈 117 폭격기 편대는 마치 전쟁 그 자체의 시체처럼, 우크라이나 황야에 수백 개의 흰 뼈를 드러내놓고 있었다.

3. 헤어 W의 공중정원

내가 처음으로 헤어Herr W의 공중정원에 안내받은 것은 안개
짙은 11월 아침이었다.

"아무것도 없어요." 헤어 W는 말했다.

정말로 아무것도 없었다. 안개의 바다 속에 공중정원이 외롭
게 떠 있을 뿐이었다. 공중정원의 크기는 대략 세로 8미터, 가로
5미터 정도였다. 공중정원이라는 것만 빼면 여느 평범한 정원과
하등 다를 바 없었다. 아니, 그것은 지상의 기준으로 본다면 명
백히 삼류 정원이었다. 잔디는 엉망이고 꽃 종류는 제각각이며,
토마토 줄기는 메말라 있고 주변에는 울타리조차 없었다. 흰색

의 가든체어는 전당포에서 흘러들어온 물건 같았다.

"그것 봐요. 아무것도 없다고 했잖아요." 헤어 W는 변명처럼 말했다. 줄곧 내 시선을 좇고 있었던 것이다. 그러나 나는 특별히 실망한 건 아니었다. 나는 훌륭한 정자며 분수며 동물 모양 나무며 큐피드 조각상을 기대하고 여기에 온 것이 아니었다. 그저 헤어 W의 공중정원이 보고 싶었을 뿐이었다.

"어떤 호화로운 정원보다 근사합니다." 내가 말하자 헤어 W는 조금 안심한 것 같았다.

"좀더 높이 띄우면 훨씬 공중정원다워지겠지만. 여러 가지 사정이 있어서 좀처럼 그러기 힘드네요." 헤어 W가 말했다. "차라도 드시겠어요?"

"좋죠." 내가 말했다.

헤어 W는 배낭 같기도 하고 바구니 같기도 한, 모양이 확실치 않은 캔버스 천 주머니에서 콜맨 버너와 노란 법랑 티포트와 물이 든 플라스틱 통을 꺼내 물을 끓였다.

주변 공기는 몹시 차가웠다. 두꺼운 다운재킷을 입고 목에 머플러를 둘둘 감고 있었지만 별 도움이 되지 않았다. 나는 달달 떨면서 하얀 안개가 발밑으로 천천히 몸을 흐느적거리며 남쪽으로 흘러가는 것을 바라보았다. 안개 위에 떠 있으려니 마치 지면과 함께 어딘가의 낯선 땅으로 흘러가버릴 것 같았다.

내가 뜨거운 재스민 차를 마시며 그렇게 말하자, 헤어 W는 쿡쿡 웃었다.

"다들 여기 오면 그렇게 말해요. 특히 안개가 짙은 날에는요. 북해 상공까지 흘러가버릴 것 같대요."

나는 헛기침을 하며 아까부터 마음에 걸렸던 다른 가능성을 지적했다. "아니면 동베를린까지."

"맞아요. 그거예요." 헤어 W는 마른 토마토 줄기를 손가락으로 꺾으면서 말했다. "내가 공중정원을 훨씬 더 공중정원답게 만들지 못하는 이유가 그거예요. 너무 높으면 동독 쪽 경비병이 몹시 과민반응을 보여서, 밤새 서치라이트를 켜대거나 기관총 총구를 계속 이쪽으로 겨눠놓거든요. 물론 쏘지는 않겠지만, 썩 기분좋은 일은 아니죠."

"그렇군요." 나는 맞장구를 쳤다.

"그리고 당신이 말한 것처럼 너무 높이 올리면 풍압이 강해져서 진짜 공중정원이 통째로 동베를린까지 떠내려가는 사태가 일어날지도 모르죠. 그렇게 되면 정말 곤란해져요. 아마 스파이 죄가 적용돼서, 살아서는 서베를린으로 돌아오지 못할걸요."

"아하." 나는 말했다.

헤어 W의 공중정원은 동서 베를린을 가로막는 벽 바로 옆에 있는 4층짜리 낡은 빌딩 옥상에 연결되어 있었다. 헤어 W는 옥상에서 15센티미터 정도의 높이로만 정원을 띄워놓았기 때문에 주의깊게 보지 않으면 그냥 단순한 옥상정원으로밖에 보이지 않았다. 훌륭한 공중정원을 가지고 있으면서 그걸 겨우 15센티미터밖에 띄우지 않다니, 보통 사람은 흉내낼 수 없는 일이다. "헤어 W는 말수가 적고 나서기 싫어하는 사람이니까"라고 사람들은 말한다. 아닌 게 아니라 나도 그럴 거라고 생각한다.

"어째서 좀더 안전한 곳으로 정원을 옮기지 않습니까?" 나는 물어보았다. "이를테면 쾰른이나 프랑크푸르트나, 아니면 서베를린에서도 좀더 안쪽으로…… 그렇게 하면 아무도 눈치 못 채게 더 높이 정원을 띄울 수 있지 않나요."

"말도 안 되죠." 헤어 W는 고개를 젓는다. "쾰른, 프랑크푸르트……" 헤어 W는 다시 고개를 젓는다. "난 여기가 좋아요. 친구들도 모두 이 크로이츠베르크에 살고 있고요. 여기가 제일 좋아요."

그는 차를 다 마시자 이번에는 주머니에서 작은 필립스 휴대용 플레이어를 꺼내 레코드를 턴테이블에 올리고 스위치를 켰다. 이윽고 헨델의 〈수상음악〉 제2곡이 흐르기 시작한다. 낭랑한 트럼펫 소리가 부옇게 흐린 크로이츠베르크의 하늘에 찬란하게 울려퍼진다. 헤어 W의 공중정원과 이만큼 어울리는 음악이 또 있을까?

"다음에는 여름에 오세요." 헤어 W가 말했다. "여름의 공중정원은 더할 나위 없이 즐겁답니다. 올여름에는 여기서 매일 파티를 했죠. 제일 많았을 때는 사람 스물다섯 명과 개 세 마리가 여기에 올라왔어요."

"신기하게 아무도 안 떨어졌네요." 나는 놀라며 말했다.

"솔직히 말하면 두 사람이 취해서 떨어졌어요." 헤어 W는 말하며 쿡쿡 웃었다. "하지만 죽진 않았어요. 3층 차양이 아주 튼튼하거든요."

나도 웃었다.

"업라이트피아노를 끌어올린 적도 있어요. 그때는 폴리니가 와서 슈만을 연주해주었죠. 정말 즐거웠는데. 폴리니는 아시다시피 대단한 공중정원 마니아거든요. 그리고 로린 마젤도 오고 싶어했지만, 빈 필하모니를 전부 여기로 부를 수는 없잖아요."

"그렇죠." 나는 동의했다.

"여름에 또 오세요." 헤어 W는 말하며 내 손을 잡았다. "여름의 베를린은 멋져요. 여름이 되면 이 주변은 터키 요리 냄새와 아이들의 북적거림과 음악과 맥주로 가득해진답니다. 그거야말로 진짜 베를린이죠."

"꼭 와보고 싶군요." 나는 말했다.

"쾰른! 프랑크푸르트!!" 그렇게 말하고는 헤어 W는 또다시 고개를 저었다.

그런 이유로 헤어 W의 공중정원은 베를린의 6월을 기다리면서, 지금도 크로이츠베르크의 상공에 15센티미터만 떠 있는 것이다.

비 오는 날의 여자 #241 · #242

검은색 플라스틱 아타셰케이스를 든 중년 여자가 우리집 앞 현관에 서서 초인종을 누르고 있었다. 통통한 체격의 여자였고 시각은 오후 네시쯤이었다. 그녀가 초인종을 누르자 휑한 집안에 초인종 소리가 울려퍼졌다. 마치 거대하고 텅 빈 위장 밑바닥에 앉아 누군가의 커다란 웃음소리를 듣는 것 같았다.

중년 여자와 검은색 아타셰케이스의 조합도 어딘가 이상했고, 사실 그 가방은 그녀에게 전혀라 해도 될 만큼 어울리지 않았다. 나는 블라인드 틈으로 살짝 여자를 관찰해보았다. 나이는 마흔에서 마흔다섯 사이, 어디에나 있는, 어디서나 볼 수 있는 아주 흔한 중년 여자다. 키는 크지 않다. 핑크색 투피스 정장을 입고 연갈색 장화를 신었다. 우산은 초록색 비닐우산이다. 독이 든 사탕 같은 싸구려 초록색이었다. 희한한 색의 조합이었다.

빗속에 서 있는 핑크색 여자는 마치 물을 머금어 부자연스럽게 팽창한 심장처럼 보였다. 부풀어오른 심장이 잃어버린 둥지를 찾아 4월의 비 오는 거리를 정처 없이 방황하고 있는 것이다. 실례합니다, 잘 보이지 않아서 그러는데 혹시 여기 우리집인가요? 아니요, 미안하지만 여긴 우리집입니다.

그러나 실제로 그 중년 여자는 부풀어오른 심장이 아니고, 보금자리를 찾아다니는 것도 아니었다. 여자는 그저 화장품 방문 판매원이었다. 나는 그녀가 두번째로 초인종을 누를 때 그 사실을 발견했다. 여자는 현관 차양 안쪽으로 들어오더니 그때까지 오른손에 들고 있던 우산을 접어서 벽에 세우고, 아타셰케이스를 빈손에 바꿔 들더니 왼손으로 초인종을 눌렀다. 그래서 아타셰케이스 옆면에 붙은 화장품 회사 마크가 보인 것이다. 마크 아래에는 다이모 테이프로 찍은 #241이라는 번호가 붙어 있었다. 그렇다, 그녀는 241호 여자였다.

블라인드를 친 어스레한 방안에 두번째 초인종 소리가 천천히 울려퍼지는 동안 여자는 주위 풍경을 무표정하게 바라보았다. 별로 재미난 풍경은 아니다. 어디에나 있는 주택가 풍경이다. 집과 도로와 가로수밖에 보이지 않는다. 아마 여자는 매일 지겹도록 그런 풍경을 보고 다닐 것이다. 그런 표정이었다. 문을 빤히 바라보는 데 지쳐 어쩔 수 없이 주위 풍경으로 눈을 돌린 것이다. 특별히 흥미로운 게 있어서 보는 게 아니다.

나는 대답도 하지 않고 문 쪽으로도 가지 않았다. 물론 나가서 거절할 수도 있었다. 아내는 부재중이고, 나는 화장품에 대해 아무것도 모른다는 식으로. 그러나 나는 그때 누군가와 말을 섞고 싶은 기분이 아니었다. 그래서 나는 이 어두운 방 의자에서 꼼짝 않았고, 그녀는 화장품 샘플이 든 아타셰케이스를 든 채 현관문 앞에 서서 연신 초인종을 눌렀다. 비는 계속 내렸다. 아침부터 쉼 없이 내리고 있었다. 그리고 그녀는 지쳐 보였다. 나는 창가에 앉아 작은 테이블에 양다리를 올리고 위스키 온더록스를 마시고 있었다. 오후 네시는 술을 마시기엔 조금 이른 시간이다. 평소에는 그렇게 일찍부터 술을 마시지 않는다. 그런데 그날은 내게 술을 마실 이유가 있는 듯한 기분이 들었다.

최근 며칠 나는 혼란스러웠다. 곤혹스러웠다고 해도 좋다. 솔직히 내 기분을 영 알 수 없었다. 길모퉁이를 착각해서 같은 곳만 계속 빙빙 도는 기분이었다. 혹은 시간의 접속이 어딘가 잘못되어 좀처럼 앞으로 나아가지 못하는 것 같기도 했다. 게다가 아침부터 줄곧 비가 내렸다. 나는 암실에 들어가 사진을 현상했다. 그러는 사이 아내가 직장에서 전화를 걸어왔다. 아내와 통화한 뒤에는 아무것도 하고 싶지 않아 그대로 창가 의자에 앉아 술을 마시기 시작했다. 그러는 내내 죽음에 관해 생각했다. 딱히 죽고 싶은 건 아니다. 내가 죽을 이유는 아무것도 없다. 다만 죽음에 관해 진지하게 생각했을 뿐이다.

나는 부엌 바닥에 드러누워 죽은 척해보았다. 내가 죽었다고 믿고 그대로 계속 죽어 있는 훈련을 한 것이다. 나는 벌렁 누워 눈을 감고 어둠 속에서 숨을 꾹 참았다. 물론 하염없이 참을 수는 없다. 그래도 최대한 오래 숨을 멈추었다가, 한 번 들이마신 뒤 다시 멈추었다. 몸은 꼼짝도 하지 않았다. 겉으로는 누가 봐도 죽은 듯이 보였을 것이다. 그리고 나는 머리를 텅 비워보았다. 이것이 죽음이라고 나는 생각하려 했다. 이것이 죽음이다.

그러나 그것은 죽음이 아니었다. 단순한 어둠이었다.

나는 포기하고 일어나 또 위스키를 마셨다. 모든 게 꿈 탓이었다. 내가 꿈을 꾸지 않았더라면 이런 일도 없었다.

어두운 오후였다. 무엇을 생각해도, 무슨 일을 해도 거기에 어두운 그림자가 달라붙어 있었다. 나는 라디오를 켜고 음악을 들었다. 책을 읽으려고도 했다. 그러나 그 어떤 시도도 소용없었다. 얼마 안 가 포기하고 그저 위스키만 홀짝거렸다.

그때 초인종이 울린 것이다.

나는 여자를 가만히 지켜보았다.

저 여자는 대체 무엇을 기다리는 걸까, 나는 생각했다. 두번째 초인종이 울리고 꽤 시간이 흐른 듯했다. 삼십 초나 사십 초, 대략 그 정도였다. 그래도 여자는 움직이지 않았다. 자리를 뜨지도 않고, 세번째 초인종을 누르지도 않았다. 여전히 무표정하게 산딸나무 가지 언저리를 물끄러미 바라볼 뿐이었다. 산딸나무 가지에는 달팽이가 기어가고 있었지만, 그렇다고 그 달팽이를 보는 것도 아니었다. 그녀는 특별히 무언가를 보고 있는 게 아니다.

그녀는 귀를 기울이는 것 같았다. 그래서 나는 가만히 숨을 죽였다. 그건 죽은 척하기의 연장과도 같았다.

그러나 얼마 못 가 여자는 포기했다. 그녀는 #241 아타셰케이스를 오른손에 든 채 왼손으로 초록색 비닐우산 손잡이에 달린 단추를 눌러 활짝 폈다. 그리고 한 번 더 확인하듯 문을 흘끗 본 뒤 현관을 떠나 빗속으로 사라져갔다. 올 때는 왼손에 아타셰케이스를 들고 오른손에 우산을 들고 있었지만 갈 때는 반대였다. 즉 오른손에 아타셰케이스를 들고 왼손에 우산을 든 것이다. 그런 것에는 아마 아무런 의미도 없을 것이다. 우산과 가방의 위치가 어쩌다 바뀐 것뿐이다.

그 사실에 나는 몹시 괴로워졌다. 어째서인지는 모른다. 거기에 확실한 이유는 없다. 하지만 나는 그 때문에 몹시 외로워졌다. 그렇게 된 게 내 책임 같았다. 그리고 우산과 가방을 바꿔 들게 함으로써, 내가 그 여자에게 돌이킬 수 없는 상처를 주고 만

기분이 들었다. 그럴 생각은 없었어, 나는 나 자신에게 변명했다. 나는 그저 모르는 사람과 말을 나누는 것이 내키지 않았을 뿐이라고.

나는 또 며칠 전에 꾼 꿈을 생각했다. 사흘 전 나는 백사 꿈을 꾸었다. 크고 하얀 뱀으로, 눈은 초록색이었다(그 여자의 우산과 비슷한 색이다). 뱀은 커다란 나무 위에 살고 있었다. 아주 큰 나무였다. 나무 이름은 모른다. 그러나 그 나무는 내 존재와 연결되어 있었다. 그 뿌리와 내 뿌리가 이어진 것이다. 뱀이 움직이면 내 뿌리도 움직였다. 나는 그게 신경쓰여 견딜 수가 없었다. 그래서 나무 밑동에 석유를 뿌리고 성냥으로 불을 붙였다. 뱀은 불에 타며 지글지글 격렬한 소리를 냈다. 연기 냄새가 아주 지독했다. 연기는 냄새를 피우며 하늘로 올라가 공기를 좀먹었다. 공기는 전부 뱀이 되더니 내 입을 통해 몸속으로 들어가려 했다. 그래서 나는 힘껏 달려 지하철로 도망쳤다. 지하철 안에는 대형 냉동고가 몇 개씩 늘어서 있고, 냉동고 안에는 다람쥐 사체가 빼곡히 들어차 있었다. 모두 딱딱하게 얼어 있었다. 나는 쫓아오는 뱀을 향해 그 다람쥐 사체를 던졌다. 다람쥐는 뱀까지 가닿기도 전에 곰팡이 같은 포자로 분해되어 공중에 흩날렸다.

그런 꿈이었다.

나는 꿈을 잘 꾸지 않고, 설령 꾼다 해도 바로 잊어버린다. 그래서 꿈이라는 것에 별 관심이 없다. 내가 꾼 꿈만이 아니라 다른 사람이 꾼 꿈도, 혹은 꿈이라는 것 자체에 대해서도 흥미가 없다. 그러나 이 꿈만은 잠에서 깨어 오랜 시간이 지난 뒤에도 아주 또렷하게 기억에 남았고, 또 마음이 쓰였다. 나는 얼어붙은 다람쥐를 쥐었을 때의 감촉을 아직 선명하게 기억한다. 그리고 특별히 구체적인 근거는 없지만, 그것이 꼭 죽음과 관련된 꿈처럼 느껴졌다. 나와 달리 아내는 꿈에 관심이 있었고 해몽이나 점 같은 데도 정통하므로 어쩌면 그 꿈 이야기를 듣고 싶어했을지 모른다. 그리고 어쩌면 그 꿈의 의미 같은 것을 가르쳐주었을 수도 있다. 그러나 그 꿈 얘기를 하면 아내가 몹시 신경쓸 것 같았다. 마침 처남이 뼈에 문제가 생겨 입원한 지 얼마 되지 않았고, 나는 그런 상황에서 굳이 아내를 심란하게 만들고 싶지 않았다. 그래서 꿈에 관해서는 아무 말 않기로 했다. 그러잖아도 아내는 동생이 걸린 병의 유전성 문제로 고민하고 있었다.

꿈의 응어리는 나쁜 예언처럼 내 안에 줄곧 남아 있었다. 나는 얼른 그걸 잊어버리려 했다. 그러나 사흘이 지나도 그 무게는 가슴에서 가시지 않았다. 자는 동안 입속에 들어온 것을 실수로 삼켜버린 듯 기분이 답답했다.

그 꿈은 내게 여러 가지를 떠올리게 했다. 하나같이 평소에는 거의 떠올리지 않는 것들이었다. 이를테면 고등학교 시절 담임

선생님. 물리 담당이었고 오른손목에 파르스름한 보라색 화상 흉터가 있었다. 그가 칠판에 분필로 수식을 쓸 때마다 우리는 그 흉터를 보았다. 나는 지금도 그 색을 선명하게 떠올릴 수 있다. 칠판의 검은색과 분필의 하얀색과 흉터의 보라색을.

그에게 특별히 호감을 느꼈던 건 아니다. 하는 이야기는 지루했고, 옷 입는 센스도 지독했다. 게다가 나는 물리라는 과목을 극단적으로 싫어했다. 그러나 공평한 눈으로 보아 그는 절대 나쁜 사람이 아니었다. 그는 어느 날 학교 뒷산에서 목을 매어 죽은 채로 발견되었다. 조합 분쟁으로 줄곧 시달렸었다고 모두들 말했다. 그런 뉘앙스를 풍기는 짧은 유서도 있었다. 아닌 게 아니라 사람은 다양한 이유로 자신의 목숨을 끊는다. 그 정도는 나도 잘 알았다. 그러나 조합 때문에 굳이 목을 매 죽는 인간이 있다는 사실은 나의 상상력을 훨씬 뛰어넘었다. 어째서 조합 같은 것 때문에 사람이 죽어야 하지?

나는 창가 의자에 앉아 바깥 풍경을 바라보면서 그 물리 선생님을 멍하니 생각했다. 생전의 그에 대한 기억은 거의 남아 있지 않았다. 내가 기억하는 것은 그의 손목 화상 흉터와 장례식뿐이다. 그에게는 아내와 초등학생 아들 둘이 있었다. 우리는 다함께 그 장례식에 참석했다. 여름날이었고 몹시 무더웠다. 다들 땀을 줄줄 흘렸다. 밖에 서 있다가 일사병으로 쓰러진 여자아이도 몇 명 있었다.

나는 얼음이 녹아버린 위스키 온더록스를 천천히 한 모금 마시고, 잔을 든 채 물끄러미 창밖을 바라보았다. 이윽고 택시 한 대가 집 앞에 멈춰 서더니 남색 레인코트를 입은 중년 남자 한 명이 내렸다. 남자는 차에서 내려 우산을 펴고 우리집을 빤히 쳐다보았다. 눈매가 날카롭고 덩치가 큰 남자였다. 그러나 남자는 길을 건너 그대로 우리집과 반대 방향으로 걸어가버렸다.

다음에 내가 떠올린 것은 테이블 위에 놓인 썩은 사과 두 개였다. 사과는 검게 변해 곳곳이 물집처럼 봉긋 부풀어 있었다. 그 사과는 내가 아는 어떤 젊은 여자가 두고 간 것이었다. 그녀는 어느 날 갑자기 사라져버렸다. 누구에게 어떤 말도 없이.

그녀가 살던 아파트에는 가구(래봤자 대단한 건 없지만)며 집기가 그대로 놓여 있었다. 찾아온 나에게 관리인이 불평을 했다. 벌써 석 달째 집을 비웠고 월세도 밀렸다, 아는 사이면 어떻게 좀 해봐라, 하면서. 확실히 그녀에게는 방랑벽이 있었다. 이따금 이렇게 훌쩍 사라져버리곤 했다. 그러나 석 달은 아무래도 너무 길다. 나와 관리인은 열쇠로 문을 따고 안으로 들어갔다. 창문이 조금 열려 있어 공기는 그다지 탁하지 않았지만 그래도 썩은 음식물 냄새가 확연히 풍겼다. 싱크대에는 접시며 커피잔이 쌓여 있었다. 그릇에 묻은 음식물은 말라비틀어졌다. 전기가 이미 끊겨서 냉장고 안의 우유와 채소가 전부 상해 있었다. 부엌 테이블 위에는 사과 두 개가 시커멓게 썩어 있었다. 그 옆에는 읽다 만 문고본이 놓여 있었다. 턴테이블에는 LP레코드가 걸려 있었다. 방안에 특별히 수상한 낌새는 없었다. 어디 근처에 장이라도 보러 나갔다가 채 사라진 분위기였다. 관리인은 월세를 대신 내주지 않으면 물건을 전부 처분해야 할 텐데 그래도 되겠느냐고 물었다. 그런대도 내가 어떻게 할 수 있는 일이 아니었다. 나는 실내를 환기하고, 썩은 음식물을 처분하고, 음식물쓰레기 봉지를 바깥에 내놓았다. 내가 할 수 있는 일은 그 정도였다.

그리고 나는 그길로 경찰서에 가서 행방불명 신고를 했다. 만약 아무도 신고하지 않는다면 그녀의 존재는 그대로 사라져 없어져버릴지도 모른다고 생각했다. 경찰서에서 그녀와의 관계를 물었다. 친구라고 대답했다. 그들은 이어서 내 이름과 주소와 직업을 물었다. 그리고 그녀에 관해 질문했다. 그러나 생각해보니 나는 그녀에 관해 거의 아무것도 몰랐다. 어디서 태어났는지도 모르고, 부모가 어디 사는지도 모른다. 어떻게 생계를 꾸려나가는지조차 모른다. 그래서 나는 경찰에 도움을 거의 주지 못했다.

일단 수색원을 내보죠, 그들은 말했다. 그래도 뭐 성인이니까, 머잖아 알아서 돌아오지 않을까요. 그런 일이 곧잘 있습니다. 서류를 작성하고 도장을 찍고 서명을 했다. 복사본이 서류철에 들어갔다. 그걸로 끝이었다.

이 주일 뒤 내가 다시 아파트를 방문했을 때는 그녀가 살던 집에 이미 다른 사람이 들어와 있었다. 그녀의 가구는 아마 월세 대신으로 적당히 처분됐을 것이다.

두 달 정도 지났을 때, 나는 경찰서에 가서 그뒤의 수색 경위를 물어보았다. 그러나 한 시간 가까이를 여기저기 끌려다니다 겨우 알게 된 사실은 결국 아무것도 밝혀지지 않았다는 것뿐이었다. 보아하니 그들은 아파트에 찾아가서 관리인에게 물어본 것 같았다. 관리인도 나와 마찬가지로 아무것도 모른다. 그런 까닭에 그녀의 정확한 신원조차 여전히 알 수 없었다. 세상에 얼마나 많은 행방불명자가 있는지 선생님은 상상도 못 하실 겁니다, 하고 담당 경찰은 내게 말했다. 날마다 어딘가에서 누군가가 사라져요. 놀랄 만큼 많은 사람들이 사라진다니까요. 어째서인지는 모르지만 수많은 사람들이 딱히 이렇다 할 이유도 없이 사라져가요. 그런 문제에서 우리가 할 수 있는 일은 거의 없어요, 그는 말했다.

*

화장품 방문판매원 여자가 집 앞을 떠난 뒤에도 비는 변함없이 줄기차게 내렸다. 창밖을 보고 있자니 색색깔의 우산이 집 앞을 지나갔다. 바람은 불지 않았다. 소리 없이 가는 비가 땅 위에 곧장 떨어지고, 우산은 평평한 토지에 자란 가동식 버섯처럼 수평으로 이동해갔다. 나는 그 핑크색 여자가 다시 오면 집에 누군가가 있다는 것을 알 수 있도록 현관문을 열어두었다. 그걸 보면—같은 길을 되돌아오면 분명히 발견할 것이다—여자는 필시 한 번 더 우리집 문 앞으로 다가올 것이다.

그러나 아무리 기다려도 여자는 돌아오지 않았다. 역으로 가려면 반드시 이 집 앞을 지나야 할 터였다. 게다가 나는 잠시도 창문 앞을 떠나지 않았다. 그러니 놓쳤을 리 없다. 하지만 여자는 돌아오지 않았다. 나는 초록색 우산을 한 번도 보지 못했다. 검은색과 남색, 파란색, 빨간색, 노란색 우산이 연달아 지나가도, 어쩐 일인지 초록색 우산은 하나도 보이지 않았다. 마치 그 241호 여자가 무슨 이유인가로 이 집 앞을 떠날 때, 세상의 모든 초록색 우산을 하나도 남김없이 지워버린 것 같았다.

근처 여자고등학교의 학생들이 평소처럼 우리집 앞을 지나 역쪽으로 걸어갔다. 그녀들은 몇 명씩 무리 지어 왼쪽에서 오른쪽으로 이동해갔지만 그중에도 초록색 우산은 하나도 보이지 않았다. 그녀들은 모두 검은색 가죽 단화와 흰색 양말을 신고 있었다. 여자아이들은 원래 장화 같은 걸 신지 않는다. 그래서 학생들은 구두가 젖지 않도록 마치 고기의 비계를 골라내듯 주의깊게 보도의 물웅덩이를 피해서 걷고 있었다. 그녀들의 그런 동작이 아주 멋져서 나는 한참 동안 그 다리의 움직임을 창밖으로 빤히 바라보았다. 그녀들 뒤편에 보이는 울타리에서 개나리와 목련의 선명한 빛깔이 봄비에 번졌다. 봄꽃에는 소리라는 것이 없다.

산딸나무의 가느다란 가지에는 빗방울이 갓 죽은 물고기의 이빨처럼 곱게 줄지어 있다. 그 흰빛 안에는 어딘지 모르게 폭력의 기억 같은 것이 느껴졌다. 그 이빨들은 하나씩하나씩 무언가 떠올린 듯 문득 가지를 떠나 아래로 흘러, 검고 부드러운 지면에 소리도 없이 빨려들어갔다. 아스팔트 도로를 지나가는 차의 타이어 소리만이 이따금 내 귀에 와 닿는 유일한 소리였다. 그것은 마치 결이 촘촘하고 반질거리는 옷감을 손끝으로 가만히 문지르는 듯한 소리였다.

해질녘의 어스름이 점점 푸른빛을 더하고, 도로를 따라 늘어선 자동점등식 가로등이 소리 없이 켜지는 그 시각까지, 나는 빈 잔을 들고 창밖을 물끄러미 내다보며 잘못 볼 리 없는 초록색 우산과 241호 여자가 집 앞을 지나가기를 기다렸다. 그러나 끝내 여자는 나타나지 않았다. 나는 단념하고 현관문을 닫은 뒤 방의 불을 켰다. 그리고 새삼스레 방안을 천천히 둘러보았다. 방은 아주 이상해 보였다. 특별히 무언가가 이상한 건 아니다. 방은 평소와 같았다. 아주 평범한 거실이다. 소파가 있고, 테이블이 있고, 스테레오 세트가 있고, 레코드와 책이 있다. 나는 일할 때 말고는 언제나 이곳에서 시간을 보내곤 했다. 그러나 지금 이곳은 몹시 이상한 방처럼 느껴졌다. 마치 지구가 파멸한 뒤 유일하게 남은 장소 같았다. 비 오는 날의 여자 탓이다. 부풀어오른 심장과, 주위 소리를 빨아들여버리는 탐스러운 봄꽃 탓이다. 이 세계에서 아마 영원히 상실되었을 그 초록색 우산 탓이다. 나는 한동안 그대로 서 있다가 주방으로 가서 빈 잔을 싱크대에 두었다. 그리고 아침에 남은 커피를 데워 마셨다.

이윽고 조용히 밤이 찾아왔다. 그러나 비 오는 날의 여자 #241은 영원히 돌아오지 않았다. 영원히.

단편소설에 대한 실험

『반딧불이 · 헛간을 태우다 · 그 밖의 단편』*

내 딴에는 상당히 고심해서 지은 제목인데, '사람, 개를 물다' 같은 문맥을 연상해 '반딧불이가 헛간을 태우는' 이야기라고 받아들인 사람이 많았던 모양이다. 책 제목을 짓는다는 건 상당히 어려운 일이다. 제목이 길다보니 단행본 작업 때는 안자이 미즈마루 씨에게 글자만 있는 표지를 만들어달라고 부탁했었다.

이 책은 『양을 쫓는 모험』(1982년)과 『세계의 끝과 하드보일드 원더랜드』(1985년) 사이 삼 년의 공백(이라고 할 정도도 아니지만) 기간에 쓴 단편을 모은 것이다. 정확히 말하면 이전에

---

* 소설집 『반딧불이』는 일본에서 위와 같은 제목으로 출간되었다.

『캥거루 통신』이라는, 비교적 가벼운 소품들을 모은 책을 냈으니, 그것까지 치면 『양을 쫓는 모험』과 『세계의 끝과 하드보일드 원더랜드』 사이에 전부 세 권의 단편집을 낸 셈이다. 단편소설이라는 형식을 깊이 파고들어 어떻게든 나름대로 결과물을 내보겠다는 생각도 당연히 있었다. 그런데 지금 와서 보면 아마도 나는 이 단편들을 쓰면서 다음 장편에 관해 여러모로 모색했던 것 같다. 『양을 쫓는 모험』을 마지막으로 '나와 쥐' 시리즈와 당분간 결별하고 싶었는데, 대신 뭘 쓰면 좋을지 당시에는 전혀 감을 잡지 못했다. 그런 의미에서 내게 단편이라는 포맷은 다양하고 새로운 가능성을 점검하고 시도해보기 위한, 이른바 테스트 코스 같은 장이었다.

물론 단편소설이란 아무리 용을 써도 장편은 되지 못할 소재를 유효하게 활용하기 위한, 혹은 짧은 형식으로밖에 표현할 수 없는 심상 등을 나타내기 위한 그릇이기도 하다. 그래서 숨가쁘게 장편을 하나 써내고 나면 한동안은 느긋하게 단편을 쓰고 싶어진다. 장편에서 채 쓰지 못한 것을 단편으로 써보고 싶어지기도 한다.

그러나 그런 상황에도 나는 늘 머릿속 어딘가에서 내 근육의 움직임을 체크하는 기분이 든다. 내가 가진 문장적인 근육을 여기저기 세세하게 움직여서 그 움직임과 유효성을 확인하는 것이다. 여길 이렇게 움직이면 이렇게 된다거나, 여기는 너무 잡아 당기면 안 된다거나 하는 식으로, 내 안의 미지의 영역을 조금씩 체크하는 것이다. 며칠 전 비디오로 영화 〈로보캅〉을 보다 새삼 실감했는데, 비유하자면 로보캅이 전원을 켜고 "오른쪽 손가락 오케이, 왼쪽 손가락 오케이……" 하면서 기능을 하나하나 체크해가는 그런 느낌이다. 그 전형적인 예가 「반딧불이」로, 굳이 설명할 것도 없지만 이 단편을 가필하고 늘려서 만든 것이 바로 『노르웨이의 숲』이라는 장편소설이다.

　전작 『중국행 슬로보트』에 비해 이 단편집에서는 이렇듯 다음 작업으로 시선을 돌린 실험적인 색채가 짙어졌다는 게 필자의 느낌이다.

「반딧불이」

　『중앙공론』에서 청탁받아 쓴 소설. 잡지 성격상 역시 정직한 리얼리즘 기법으로 써보려고 했다. 영어로 말하자면 '컨벤셔널 conventional한 형식의 소설'이다. 어쨌거나 단순하고 조금 센티멘털한 청춘소설 같은 이야기를 써보고 싶었다. 기법은 별로 새로울 게 없더라도 감각 자체는 새로운 글을 써보고 싶었다(반대보다는 낫지 않나?). 완성했을 때는 제법 잘됐다고 느꼈지만, 시간이 지날수록 좀더 잘 쓸 수 있지 않았을까란 아쉬움이 점점 커졌다. 리얼리즘적인 문장을 쓰는 법을 아직 제대로 파악하지 못했던 것 같다. 곳곳에서 문장이 튄다.

그런 이유로 이 작품에는 몸에 딱 맞지 않는 옷 같은 느낌이 줄곧 따라다녔다. 조금만 더 색깔이 달랐더라면, 조금만 더 길이가 달랐더라면 하는 그런 느낌. 남들은 별로 신경쓰지 않을지도 모르지만 당사자는 그 '조금만'이 몹시 거슬린다. 그래서 좀더 실력이 쌓이면 제대로 고쳐써야겠다, 언젠가 완벽히 마무리를 지어야겠다고 생각했다.

결국 이 글은 사 년 뒤 『노르웨이의 숲』이라는 형태로 다시 태어났다. 그러나 「반딧불이」를 쓸 때만 해도 설마 이 이야기가 나중에 점점 뻗어나가 대장편이 될 줄은 생각도 하지 못했다.

『노르웨이의 숲』을 쓸 때 마음껏 손질했기에 이번 전집에서는 개고하지 않았다.

「헛간을 태우다」

이것은 '헛간을 태우다'라는 말에서 착안한 소설이다. 알다시피 포크너의 단편 제목이지만, 당시 나는 그다지 포크너의 열성 팬이 아니었기에 「헛간을 태우다」라는 작품을 읽은 적도 없었고, 이것이 포크너의 단편 제목이란 것조차 몰랐다. 어디서 들은 것 같긴 한데 프랑스 영화나 뭐 그런 것의 제목인가 했던 기억이 난다. 만약 포크너의 단편 제목인 줄 알았더라면 아마 이런 소설은 쓰지 않았을 것 같다. 나도 그리 뻔뻔한 사람은 아니니까. 그렇지만 몰랐기 때문에 몰랐던 사람답게 마음 편히 써버렸다.

나중에 포크너의 오리지널(이라고 해야 할까)을 읽어보니, 같은 헛간이라 해도 미국과 일본에서 생각하는 이미지가 상당히 다르다는 걸 알았다. 요컨대 미국인이 헛간이라는 말에서 떠올리는 것은 크고 위풍당당한 헛간bam이다. 그러나 내가 헛간이라는 말에서 떠올린 것은 밭 한구석에 서 있는 작고 허름한 가건물이다. 포크너가 '헛간을 태우다'라는 말로 표현한, 하늘까지 불길을 뻗치는 장려한 배덕감이 여기서는 남들 몰래 헛간을 태워 없애는 조용한 음산함에 그친다. 마음 한구석에서 가만히 타오르다 무너져버리는 그런 헛간이다.

나는 때때로 이렇게 엄청나게 섬뜩한 소설을 써보고 싶어진다. 이 작품은 꽤 손을 보았다. 분위기가 조금 달라졌을지도 모르겠다.

「장님 버드나무와 잠자는 여자」

원래 '장님 버드나무'라는 식물이 나오는 환상적인 터치의 단편을 썼는데, 완성도가 마음에 들지 않아 그대로 버렸다. 그러나 내용과 별개로 '장님 버드나무'라는 말의 감촉이 줄곧 머리에 남아서 그것을 제목으로 삼은 작품을 쓰게 되었다. 친구와 함께 그의 여자친구 문병을 가는 설정은 『노르웨이의 숲』 회상 장면에서도 사용한 것으로 기억한다. 이 작품에는 거의 손대지 않았다.

「춤추는 난쟁이」

어째서 또 이런 잔혹동화 같은 이야기를 쓰게 되었는지, 그 동기는 나도 잘 기억나지 않는다. 내 기억에 따르면 우선 '꿈에 난쟁이가 나타나 나더러 춤을 추지 않겠느냐고 했다'라는 한 줄을 쓰면서 시작된 것 같다. 즉 피아니스트가 도입부 네 소절을 피아노 건반으로 통통 쳐보다가 하나의 곡으로 발전해가는 것과 비슷한 느낌이다. 과연 잘될까 걱정하며 써나가는 동안 코끼리 공장이 나오고, 거기서부터 이야기에 급속히 살이 붙었다―뭐 이런 식의 작업이었다. 역시 기억이 어렴풋해서 확신할 수 없지만.

다시 읽어보니, 나는 뭐니뭐니해도 이 코끼리 공장 자체가 좋다. 그런데 대체 어떤 이유로 이 세계 사람들은 군이 인공 코끼리를 만들고 있을까? 자기가 써놓고 이런 소리를 하기도 뭣하지만, 정말이지 수수께끼다. 공장이란 정말 신비한 곳이다. 그것은 조용하고 실용적인―게다가 지나치게 상상력을 부추기는―축제의 장이다. 나의 공장 사랑은 더욱 깊어져 나중에 『해 뜨는 나

라의 공장』이라는 공장 탐방기까지 내게 되었다. 유감스럽게 코
끼리 공장은 없었지만.

「세 가지의 독일 환상」

1984년 『BRUTUS』 '독일 특집호'에 실린 소설이다. 그전 해
에 『BRUTUS』 스태프와 이 주 동안, 그뒤 나만 남아서 다시 이
주 동안 독일을 돌며 여러 취재를 했다. 내가 맡은 일은 독일에
관련된 에세이와 짧은 소설을 쓰는 것이었는데, 이 글이 그중 소
설 쪽에 해당한다(에세이 쪽은 무산되었다). 소설이라고 해도 해
외를 무대로 한 '홍보풍'의 이야기를 쓰기는 싫었기에, 독일에
서 영감을 받은 환상을 중심으로 소품 세 편을 썼다. 맨 처음 박
물관 이야기는 대체 어디가 독일과 관계있느냐고 할 수도 있겠
지만, 독일에 대한 기억을 생각하다보니 이런 이야기가 문득 떠
올랐다. 독일이라는 나라에는 확실히 뭔가 농후한 것이 있다. 사
람의 마음을 흩트리는 어떤 것. 내게는 첫번째 독일 여행이어서,
일본에 돌아온 뒤에도 한동안 이런 판타지가 선명하게 머리에
남았다.

지금 다시 읽어보니 『세계의 끝과 하드보일드 원더랜드』의
「세계의 끝」 파트와 통하는 분위기가 엿보이기도 하는 것 같다.

「비 오는 날의 여자 #241 · #242」

지금은 폐간된 『L'E』라는 잡지에 실렸던 짧은 글을 손질한 것이다. 실을 만한 단편집을 찾지 못하고 내버려둔 탓에 책으로 나오기는 이번이 처음이다. 여기서는 비 오는 오후에 관한 무채색 스케치 같은 글을 써보고 싶었다. 특별한 줄거리는 없다. 아무것도 시작되지 않는다. 이따금 무작정 그런 글이 써보고 싶어진다. 그래서 어쩌라는 거냐면 할말은 없지만.

지은이 **무라카미 하루키**
1949년 교토 출생. 1979년 『바람의 노래를 들어라』로 군조신인문학상을 수상하며 데뷔했다. 1982년 『양을 쫓는 모험』으로 노마문예신인상, 1985년 『세계의 끝과 하드보일드 원더랜드』로 다니자키 준이치로 상을 수상했다. 『노르웨이의 숲』『중국행 슬로보트』『여자 없는 남자들』『기사단장 죽이기』『일인칭 단수』『도시와 그 불확실한 벽』『오래되고 멋진 클래식 레코드』 외 수많은 소설과 에세이로 전 세계 독자들의 사랑을 받고 있다.

옮긴이 **권남희**
일본문학 번역가. 무라카미 하루키의 '무라카미 라디오 시리즈'와 『더 스크랩』, 미우라 시온의 『배를 엮다』, 텐도 아라타의 『애도하는 사람』, 온다 리쿠의 『밤의 피크닉』, 아사다 지로의 『산다화』, 요시다 슈이치의 『퍼레이드』 등을 우리말로 옮겼다. 지은 책으로 『번역은 내 운명』(공저) 등이 있다.

문학동네 세계문학
반딧불이

1판 1쇄 2010년 9월 10일
2판 1쇄 2014년 8월 28일 | 2판 20쇄 2023년 10월 20일

지은이 무라카미 하루키 | 옮긴이 권남희
책임편집 양수현 | 편집 황문정 박아름 오하나
디자인 김현우 유현아 | 저작권 박지영 형소진 최은진 서연주 오서영
마케팅 정민호 서지화 한민아 이민경 안남영 왕지경 황승현 김혜원 김하연
브랜딩 함유지 함근아 고보미 박민재 김희숙 정승민 배진성
제작 강신은 김동욱 이순호 | 제작처 한영문화사(인쇄) 신안제책사(제본)

펴낸곳 (주)문학동네 | 펴낸이 김소영
출판등록 1993년 10월 22일 제2003-000045호
주소 10881 경기도 파주시 회동길 210
전자우편 editor@munhak.com | 대표전화 031) 955-8888 | 팩스 031) 955-8855
문의전화 031) 955-1927(마케팅) 031) 955-2684(편집)
문학동네카페 http://cafe.naver.com/mhdn
인스타그램 @munhakdongne | 트위터 @munhakdongne
북클럽문학동네 http://bookclubmunhak.com

ISBN 978-89-546-2453-4 03830

잘못된 책은 구입하신 서점에서 교환해드립니다.
기타 교환 문의 031) 955-2661, 3580

www.munhak.com